Le Charroi de Nîmes

Chanson de geste
du Cycle
de Guillaume d'Orange

ÉDITION BILINGUE

présentée et commentée par
Claude Lachet
Professeur à l'Université de Lyon III

Gallimard

PRÉFACE

À ma sœur Danièle

Dans Girart de Vienne, *poème écrit vers 1180, Bertrand de Bar-sur-Aube distingue trois grands ensembles épiques, appelés* gestes : *celle du «roi de France» dominée par Charlemagne, celle de «Doon de Mayence» qui regroupe divers récits relatifs au thème de la révolte, enfin celle de «Garin de Monglane» qui rassemble vingt-quatre œuvres sur le même lignage, illustré en particulier par la forte personnalité de Guillaume d'Orange.*

Le Charroi de Nîmes *est la plus courte chanson de ce vaste cycle; elle en est aussi l'une des plus anciennes puisque sa date de composition se situe vers le milieu du XIIe siècle, «entre 1135 ou 1140 au plus tôt et 1160 ou 1165 au plus tard», selon les conclusions de Jean Frappier[1]. Œuvre transitoire entre* Le Couronnement de Louis[2] *et* La Prise d'Orange, *elle relate comment Guillaume*

1. *Les Chansons de geste du Cycle de Guillaume d'Orange,* t. II, Paris, S.E.D.E.S., 1967, p. 186. Sur les problèmes de datation, voir aussi éd. du *Charroi de Nîmes* par D. McMillan, pp. 41-43.
2. Le dernier vers du *Couronnement de Louis* annonce le thème de l'ingratitude royale : «Quant il [= Louis] fu riches Guillelme n'en sot gré.»

Fierebrace, oublié, lors de la distribution des fiefs, par un roi très ingrat, réussit à conquérir par la ruse la cité sarrasine de Nîmes. Ce poème « assez disparate[1] », tour à tour héroïque, comique, pathétique, réaliste, burlesque, n'en sert pas moins un projet idéologique, animé par un protagoniste exceptionnel.

Un personnage légendaire

Le prototype historique du héros épique est sans conteste Guillaume de Toulouse, le fils du comte franc Thierry et d'Aude, la fille de Charles Martel[2]. En 790, son cousin Charlemagne lui accorde le comté de Toulouse et l'investit d'une double mission. Il doit non seulement protéger l'héritier de la couronne, le jeune Louis d'Aquitaine, mais encore défendre la région des Pyrénées face aux attaques des Gascons rebelles et des musulmans. En 793, une incursion sarrasine ravage les environs de Narbonne puis se dirige vers Carcassonne. Guillaume engage le combat sur les bords de l'Orbieu, un affluent de l'Aude. Écrasé par le nombre des ennemis, abandonné par ses compagnons, il est contraint de battre en retraite. Toutefois sa défaite est loin d'être honteuse dans la mesure où ses adversaires subissent tant de pertes qu'ils préfèrent

1. J. Frappier, *op. cit.*, p. 252.
2. Sur Guillaume, voir Joseph Bédier, *Les Légendes épiques*, t. I, *Le Cycle de Guillaume d'Orange*, Paris, 3e éd., 1926 ; Jean Frappier, *Les Chansons de geste du Cycle de Guillaume d'Orange*, t. I, Paris, S.E.D.E.S., 1955, pp. 64-100 ; Rita Lejeune, « La naissance du couple littéraire : Guillaume d'Orange et Rainouard au Tinel », dans *Marche Romane*, t. 20, 1970, pp. 39-60 ; Jeanne Wathelet-Willem, *Recherches sur la Chanson de Guillaume. Études accompagnées d'une édition*, Paris, Les Belles Lettres, 1975, t. I, pp. 509-523.

retourner en Espagne. Une dizaine d'années plus tard, en 803, le comte de Toulouse prend sa revanche en s'illustrant lors du siège de Barcelone dont s'emparent les chrétiens. En 804, il se retire dans l'Hérault, au monastère d'Aniane, instauré par Benoît, le réformateur de l'ordre bénédictin. Moine à son tour, Guillaume fonde, en 806, l'abbaye voisine de Gellone (aujourd'hui Saint-Guilhem-le-Désert) où il meurt en 812.

Les grandes étapes de la vie de Guillaume d'Orange, relatées notamment dans Le Couronnement de Louis, Le Charroi de Nîmes, La Prise d'Orange, La Chanson de Guillaume, Aliscans et Le Moniage Guillaume, reprennent donc les éléments essentiels de l'existence du comte de Toulouse : le secours apporté au roi et à son fils ; les opérations militaires contre les Sarrasins d'abord victorieux, ensuite défaits ; le passage de la fonction guerrière à l'état monastique. Ces analogies permettent de mieux saisir quelques divergences entre le personnage historique et le héros légendaire. Par son origine, ce dernier est un Narbonnais et non pas un Franc, comme son modèle. D'autre part, tandis que le comte de Toulouse s'est marié deux fois avec Witburg et Cunegunde, le protagoniste de La Prise d'Orange, même s'il est sur le point de s'unir avec la fille du roi Gaifier dans Le Couronnement de Louis, n'épouse que Guibourc, alias Orable, la femme de Tibaut[1]. De surcroît, il ne décède pas sous le règne de Charlemagne comme le comte de Toulouse mais pendant celui de son fils Louis. Enfin Guillaume de Toulouse est devenu, dans la geste, Guillaume d'Orange, sans doute à cause de la présence de plusieurs vestiges romains

1. Cf. *Couronnement de Louis*, v. 1352-1416, et *Prise d'Orange*, v. 1862-1885.

dans cette ville : l'arc de triomphe, le théâtre, l'amphithéâtre et les thermes transformés en fortifications de la cité. Il n'est pas exclu qu'ait joué aussi l'influence d'un autre Guillaume, fils de Boson, comte de Provence, surnommé le libérateur après sa victoire vers 972 sur les Sarrasins qui avaient capturé Maïeul, l'abbé de Cluny, lui-même neveu d'un certain Raionardus, aussitôt rapproché du sympathique géant Rainouart, le beau-frère de Guillaume d'Orange.

Plusieurs documents attestent l'évolution de l'histoire à la légende. Ainsi dans le premier chant des Carmina in honorem Hludovici Pii (Louis le Pieux), œuvre écrite en 827 par un poète carolingien nommé Ermold le Noir, Guillaume apparaît aux côtés de Louis lors du siège et de la prise de Barcelone. Le deuxième témoin, appelé le Fragment de La Haye (entre 980 et 1030), est une transcription en prose latine d'un poème en hexamètres. Si le récit ne cite pas Guillaume, en revanche il mentionne quelques membres de sa famille, Bernardus (Bernard de Brébant, son frère), Ernaldus (Hernaut de Gironde, un autre de ses frères), Wibelinus puer (l'enfant Guibelin, Guibert d'Andrenas, le benjamin) et Bertrandus Palatinus (Bertrand, le comte palatin, son neveu). Tous ces personnages fictifs prouvent qu'une légende épique relative au lignage de Guillaume existait autour de l'an 1000. Au demeurant, la Nota Emilianense qui date des années 1065-1075 le confirme. Ce document, découvert en 1953 dans un manuscrit espagnol, comprend seize lignes narrant l'expédition de Charlemagne à Saragosse et le retour désastreux de l'armée. Parmi les douze pairs de Charlemagne figurent Bertlane (alias Bertrand) et «Ghigelmo alcorbitanas», autrement dit Guillaume au nez courbe ou recourbé. Ces deux personnages se retrouvent dans un diplôme de

Saint-Yriex-de-la-Perche *(vers 1090) qui cite Guillelmo Curbinaso et Bertranno validissimo (le très fort Bertrand). Plusieurs autres œuvres rédigées en latin dans la première moitié du XIIe siècle garantissent la célébrité de Guillaume d'Orange à cette époque. Les moines de Gellone, par exemple, identifient leur saint fondateur avec le héros épique. Au cinquième chapitre de la* Vita sancti Wilhelmi *(1125) sont rapportés ses exploits et la manière dont il s'empara de la cité d'Orange, occupée par le roi sarrasin Tibaut, et dont il sut résister à tous les assauts païens. De son côté, Orderic Vital, au sixième livre de son* Historia ecclesiastica, *composée entre 1131 et 1141, évoque une «cantilena» qu'on chantait couramment sur Guillaume. Enfin, au livre V du* Guide du pèlerin de Saint-Jacques de Compostelle *(rédigé entre 1139 et 1145), l'auteur, soucieux d'inciter les pèlerins à visiter le tombeau du saint à Gellone, précise que le chrétien a arraché aux infidèles les villes de Nîmes et d'Orange.*

Grâce aux trouvères qui n'hésitent pas à superposer l'ère carolingienne et la période capétienne[1], *le héros épique acquiert bientôt une forte personnalité*[2]. *Le fils d'Aymeri de Narbonne se caractérise ainsi par un visage farouche, un nez «corb» ou «cort» (busqué ou court), pourvu d'une bosse, une force herculéenne, des bras robustes qui lui valent son surnom de Fierebrace et lui permettent*

1. Ainsi, lors du couronnement de Louis, l'auteur décrit la scène carolingienne d'Aix-la-Chapelle, au cours de laquelle Charlemagne associa solennellement à l'empire son fils Louis le Pieux, en tenant compte d'un événement contemporain et capétien, le sacre de Louis VII le Jeune par le pape Innocent II en 1131 à Reims.
2. Il convient de se reporter également aux notes des vers 12 (piété), 44 (rire), 70 (remords), 145 (nez), 575 (sensibilité), 742-746 (coup de poing fatal).

de tuer les félons d'un coup de poing sur la nuque. Doté d'un appétit vorace, plein de jovialité, cet être franc peut aussi facilement se mettre en colère qu'éclater de rire. Sensible, pieux et charitable, il fait preuve de tendresse envers son cheval Baucent, d'affection envers son neveu Vivien qu'il a la douleur de perdre dans la terrible bataille des Aliscans, et d'amour envers son épouse Guibourc. Il est surtout un redoutable guerrier, impétueux et vaillant, un chef autoritaire capable de réconforter et de galvaniser ses hommes, un chevalier fidèle, toujours prêt à se dévouer corps et âme pour sa famille, le roi et la chrétienté, ainsi que l'illustre la structure du Charroi de Nîmes.

La composition

Après un prologue vantant les mérites de la chanson et de son héros (v. 1-13), le récit se compose de trois parties principales : le conflit entre Guillaume et Louis (v. 14-760), l'expédition (v. 761-1069) et la prise de la ville (v. 1070-1486).
La première est parfaitement structurée autour de trois entrées du protagoniste dans le palais royal[1]. Tout d'abord, à son retour de la chasse, un jour de mai, il rencontre son neveu Bertrand :

En mi sa voie a Bertran encontré,
Si li demande : « Sire niés, dont venez ? »
Et dist Bertrans : « Ja orroiz verité :
De cel palés ou grant piece ai esté. » (V. 31-34.)

1. À ce sujet, on consultera avec profit l'article d'Edward A. Heinemann, « Le jeu d'échos associés à l'hémistiche *non ferai sire* dans *Le Charroi de Nîmes* », Romania, 1991, t. 112, pp. 1-17.

(Ayant rencontré Bertrand en chemin, il lui demande: «Seigneur, mon neveu, d'où venez-vous?» Bertrand répond: «Vous allez apprendre la vérité: je viens de ce palais où je suis resté long-temps.») Celui-ci apprend à son oncle qu'il n'a pas obtenu de terre de son souverain. Aussitôt Guillaume monte l'escalier de marbre (v. 54) pour se rendre dans la grande salle où Louis l'invite à s'asseoir, ce que refuse le farouche guerrier:

Voit le li rois, encontre s'est levez,
Puis li a dit: «Guillelmes, quar seez.
— Non ferai, sire, dit Guillelmes le ber *(« le*
                                          [vaillant»),
Mes un petit vorrai a vos parler.» (V. 58-61.)

(«Je veux seulement vous dire quelques mots.») Quelques instants plus tard, excédé par le manque de reconnaissance et la lâcheté du roi, Fierebrace sort du palais et retrouve Bertrand:

En mi sa voie a Bertran encontré
Qui li demande: «Sire oncle, dont venez?»
Et dit Guillelmes: «Ja orroiz verité:
De cel palés ou ai grant piece esté.» (V. 415-418.)

L'identité des vers 31 et 415 d'une part, 34 et 418 d'autre part, la reprise de la question et de l'affir-mation de la vérité permettent de mieux saisir la divergence entre les deux scènes: Bertrand, l'infor-mateur, est à présent informé par son oncle de son altercation avec Louis. Par un discours sage et énergique, prônant la fidélité absolue au seigneur, le jeune homme calme le courroux de Guillaume et l'incite à demander au souverain des terres païennes. Il résout ainsi la crise qu'il avait invo-lontairement provoquée au début de la narration.

Accompagné de son neveu, Fierebrace revient au palais où Louis le reçoit derechef :

As mains se prennent, el palés sont monté,
Trusqu'a la sale ne se sont aresté.
Voit le li rois, encontre s'est levé,
Puis li a dit : « Guillelmes, quar seez.
— Non ferai, sire, dit li cuens naturez,
Mes un petit vorroie a vos parler
Por querre un don dont me sui porpensez. »

[(V. 463-469.)

(Se prenant par la main, ils sont montés au palais sans s'arrêter jusqu'à la grand-salle. Les apercevant, le roi se lève à leur rencontre puis il dit à Guillaume : « Asseyez-vous donc. — Non, sire, réplique le comte bien né, mais je voudrais vous dire quelques mots pour solliciter un don auquel j'ai réfléchi. ») La similitude de certains décasyllabes (v. 58/465 ; 59/466 ; 61/468) ou hémistiches (60/467) montre clairement la progression entre les deux séquences : tandis que dans la première Guillaume attendait une largesse de la part de Louis, dans la seconde, c'est lui qui offre généreusement à son souverain d'agrandir son royaume par de nouvelles conquêtes. Louis le recommande alors à Dieu et lui souhaite de mener à bien son entreprise :

« Alez, beau sire, au glorïeus del ciel !
Jhesus de gloire vos doint bien esploitier,
Et si vos doint sain et sauf repairier ! »
Vet s'en Guillelmes, le marchis au vis fier.

[(V. 673-676.)

(« Allez, cher seigneur, à la garde du glorieux roi du ciel ! Que Jésus de gloire vous accorde un plein succès et qu'il vous permette de revenir sain

et sauf!» Guillaume s'en va, le marquis au vi-
sage farouche.) Mais ce n'est encore qu'un faux
départ. En effet, prévenu qu'Aymon le vieux le
calomnie, Fierebrace retourne à la cour, en com-
pagnie du loyal Gautier qui l'a instruit de cette
ultime traîtrise:

Tot main a main en montent le planchié
                        [(« l'escalier»).
Voit le li rois, encontre s'est dreciez,
Endeus ses braz li a au col ploié,
Trois foiz le bese par molt grant amistié. (V. 721-724.)

(Mettant ses deux bras autour du cou de
Guillaume, il lui donne trois baisers très affec-
tueusement.) L'accueil est cette fois-ci beaucoup
plus chaleureux que lors des deux premières
visites. En définitive Guillaume extermine le félon
puis quitte Paris, salué par Louis qui réitère ses
vœux de réussite:

«Alez, beau sire, a Damedieu del ciel *(«à la grâce*
                    [de Dieu, le maître du ciel».)
Jhesus de gloire vos doint bien esploitier,
Que vos revoie sain et sauf et entier!»
Vet s'en Guillelmes, li marchis au vis fier.
                        [(V. 758-761.)

La querelle entre le roi et son chevalier est désor-
mais apaisée: à la discorde et à l'hostilité succè-
dent la réconciliation et l'affection.
   On observe d'autres échos et gradations lors de
l'affrontement initial: Guillaume rappelle à son
seigneur toutes les prouesses accomplies dans Le
Couronnement de Louis: *son duel contre le géant*
sarrasin Corsolt, la bataille livrée au gué de Pierre-
latte au cours de laquelle il a fait prisonnier Dago-

bert, son intervention décisive pour tuer l'usurpateur Herneïs et placer la couronne sur la tête de
Louis, le meurtre du fils factieux de Richard de
Normandie, la défaite de ce dernier, la lutte contre
Gui l'Allemand et l'armée d'Oton[1]. L'évocation
des services rendus est scandée par des formules de
plus en plus insistantes et véhémentes. La première
fois, Guillaume use d'une interrogation rhéto-
rique :

« Dont ne te membre del grant estor champel
Que ge te fis [...] ? » (V. 134-135.)

(« Ne te souviens-tu pas de la rude bataille que j'ai
livrée pour toi ? ») Il utilise ensuite un impératif :

« Rois, quar te membre d'une fiere bataille
Que ge te fis [...]. » (V. 157-158.)

C'est à la conclusion du troisième souvenir
qu'est dénoncée l'ingratitude royale par une proposition négative :

« De cest servise ne vos membre il gaires. » (V. 180.)

La colère s'enfle peu à peu, d'où des expressions
situées au début et à la fin du quatrième service :

« Dont ne te membre du cuvert orgueillous (« du
                    [gredin insolent ») [...] ? » (V. 183.)
« De cel servise ne vos membrë il prou. » (V. 201.)

(« Tu ne te souviens guère de ce service-là. ») De
même la reprise de locutions analogues au cours

1. Voir les notes des vers 136, 147-148, 157-159, 163, 173-
174, 179, 183, 193, 203.

16

du cinquième souvenir traduit un mécontentement grandissant :

«Rois, quar te membre de l'Alemant Guion.»
[(V. 203.)
«Rois, quar te membre de la grant ost Oton *(«la [puissante armée d'Oton»).»* (V. 213.)

Un autre crescendo concerne les offres de Louis refusées par Guillaume : sept vers pour la terre de Foucon (v. 308-314), treize pour celle d'Auberi (v. 315-327), cinquante-deux pour le domaine du marquis Bérenger (v. 328-379). L'énormité des deux dernières propositions — le quart de la France (v. 380-403) puis la moitié du royaume (v. 470-477) — les dispense d'une nouvelle amplification numérique. Louis accompagne chaque don de formules de plus en plus suppliantes et engagées[1] :

«Prenez la terre au preu conte Foucon.» (V. 309.)
«Prenez la terre au Borgoing *(«Bourguignon»)* [Auberi.» (V. 318.)
«Pren dont la terre au marchis Berengier.» (V. 330.)
«Ge vos dorrai de Francë un quartier *(«un [quart»).»* (V. 384.)
«Demi mon regne, se prendre le volez,
Vos doin ge, sire, volantiers et de grez.» (V. 474-475.)

Guillaume, de son côté, repousse ces présents avec une fermeté croissante :

«Non ferai, sire», Guillelmes li respont. (V. 311.)
«Non ferai, sire», Guillelmes respondi. (V. 322.)

1. On observe le passage du vouvoiement au tutoiement, celui de la deuxième personne de l'impératif à la première de l'indicatif, enfin le passage du futur au présent.

«Ge n'en vueill mie, bien vueill que tuit l'oiez.»
[(V. 370.)
«Non ferai, sire, Guillelmes respondié.
Ce ne feroie por tot l'or desoz ciel.» (V. 396-397.)
«Non ferai, sire, Guillelmes respondié;
Ge nel feroie por tot l'or desoz ciel.» (V. 543-544.)

La deuxième partie du Charroi de Nîmes, *consacrée à l'expédition de Paris à Nîmes, se construit sur une progression spatiale dont l'auteur précise les différentes étapes, notamment la Bourgogne (v. 785), l'Auvergne (v. 832), la voie Regordane (v. 957), enfin Nîmes (v. 1057). L'arrivée des croisés, annoncée six fois dans le même premier hémistiche,* quant il venront[1], *appartenant à deux séries de laisses similaires, se réalise au vers 1072:* Qu'il sont venu a Nymes la cité. *Pendant le voyage se produit une rencontre décisive avec un paysan qui transporte un tonneau de sel sur une charrette. L'équipage de ce «vilain» inspire au vavasseur Garnier le stratagème du charroi, analogue à la ruse du cheval de Troie: des chevaliers déguisés en marchands conduisent des chariots remplis de tonneaux où sont dissimulés guerriers et armes.*

Au cours de la troisième partie, le convoi avance à l'intérieur de la cité, de la porte de la ville (v. 1073) à l'uis del palés[2], dont il obstrue l'accès, selon les règles de la bonne stratégie. Entre les Sarrasins qui se réjouissent de la venue de cette riche caravane et les soi-disant marchands, un dialogue s'instaure. Otrant interroge le héros sur sa famille, sur les marchandises apportées et les régions parcourues. Mais une menace surgit tout à coup; le païen qui a remarqué la bosse sur le nez de ce prétendu com-

1. *Charroi de Nîmes,* vers 768, 773, 778, 971, 976 et 980.
2. *Charroi de Nîmes,* vers 1183, 1252, 1263.

18

merçant croit reconnaître Guillaume, obligé d'inventer une histoire peu flatteuse pour justifier cette particularité physique. Après cette première alerte, la situation se gâte rapidement : Harpin tue les deux bœufs de l'attelage principal, suscitant le courroux de Fierebrace. La conversation, d'abord cordiale, s'envenime et tourne aux insultes. Otrant se moque de l'accoutrement du protagoniste ; Harpin enchérit, critique à son tour l'équipement de l'étranger avant de lui tirer la barbe. Guillaume grommelle entre ses dents, mais il ne peut plus maîtriser sa fureur qui éclate à partir du vers 1359. Il frappe à mort Harpin et sonne par trois fois du cor (v. 1394). À cet appel, les Français sortent des tonneaux. Une violente mais brève bataille s'engage ; elle s'achève par la victoire des chrétiens.

Par conséquent plusieurs gradations structurent chacune des trois grandes parties du récit dont Jean Rychner conteste l'unité générale : « On ne peut pas dire que l'unité du sujet manque absolument au Charroi de Nîmes, mais la composition en est assez hétéroclite. [...] Il n'y a pas de souci des proportions ; les préliminaires sont trop importants, ils ont leur intérêt propre, valent par eux-mêmes, le sujet en est presque indépendant : l'ingratitude de Louis est une chose et le charroi de Nîmes en est une autre, ayant elle aussi son intérêt particulier, celui d'une ruse de guerre, qui mène Guillaume et ses chevaliers, dissimulés dans des tonneaux sur les chariots d'un charroi, au cœur de la ville païenne de Nîmes. Mais la chanson est conservée dans des manuscrits cycliques où son découpage n'est peut-être pas originel : était-elle chantée dans cette composition-là[1] ? » Loin d'être

1. *La Chanson de geste. Essai sur l'art épique des jongleurs*, Genève, Droz, 1955, p. 44.

aussi autonomes que le critique l'affirme, en réalité les deux grands thèmes dégagés, à savoir l'ingratitude royale et la ruse de guerre, nous semblent en étroite dépendance, liés par une relation de cause à effet. Parce que le roi, ayant distribué ses fiefs sans se soucier de son plus fidèle serviteur, n'a plus de terre disponible à lui offrir, Guillaume est contraint d'en gagner une, à l'extérieur du royaume de France, en territoire païen. L'expédition militaire contre les Sarrasins est la seule manière de sortir de l'impasse à laquelle l'ingrat Louis et le fier Guillaume sont acculés.

De surcroît plusieurs motifs se retrouvent au fil du récit et ces correspondances assurent l'unité dramatique de l'ensemble. Ainsi Guillaume adopte une position supérieure chaque fois qu'il prononce des paroles importantes[1]. Il prend une première fois de la hauteur au moment d'adresser publiquement des reproches à Louis :

Sor un foier est Guillelmes montez. (V. 123.)

Il grimpe ensuite sur une table afin d'exhorter les bacheliers et les écuyers à rejoindre l'armée des croisés :

Seur une table est Guillelmes montez ;
A sa voiz clere commença a crier. (V. 635-636.)

À Nîmes, c'est monté sur une grosse pierre qu'il crie sa fureur aux mécréants :

Sor un perron est Guillelmes monté ;
A sa voiz clere se prist a escrïer. (V. 1358-1359.)

---

1. Bertrand et Guiélin imitent leur oncle ; en effet, montés sur une table, ils menacent les infidèles : « Sor une table monterent en estant ; / A lor voiz clere s'escrïent hautement » (v. 628-629).

Son irascibilité est également une constante. Il manque ainsi de perdre la raison en entendant le roi lui conseiller d'attendre le décès de l'un de ses pairs pour obtenir un fief:

Ot le Guillelmes, a pou n'est forsenez. (V. 79.)

Plus tard, à Nîmes, apprenant que les deux plus beaux bœufs du convoi ont été tués, le protagoniste est encore tout près de devenir fou de colère comme le suggère le vers 1299, absolument identique au vers 79.

Un autre écho significatif est constitué par le rire de Fierebrace[1] qui éclate devant divers interlocuteurs: son neveu Bertrand[2], le souverain (v. 478) et Otrant (v. 1230). Six fois le même décasyllabe revient, prouvant la gaieté naturelle du héros et la tonalité amusante de la chanson:

Ot le Guillelmes, s'en a un ris gité.

Il ressent aussi à trois reprises des inquiétudes morales. Dans un premier temps il refuse le quart du royaume par honnêteté et crainte du qu'en-dira-t-on:

«Que ja diroient cil baron chevalier:
"Vez la Guillelme, le marchis au vis fier,
Comme il a ore son droit seignor boisié;
Demi son regne li a tot otroié[3],

---

1. Sur le fameux rire de Guillaume, voir la note du vers 44.
2. *Charroi de Nîmes*, vers 44, 459, 995 et 1001.
3. En fait, à cet instant, le roi n'a proposé qu'un quart de la France (v. 393-394). Guillaume anticipe-t-il sur la suite (v. 474-475), ou veut-il rendre compte de l'exagération des calomniateurs?

Si ne l'en rent vaillissant un denier.
Bien li a ore son vivre retaillié". » (V. 398-403.)

(«Car ces vaillants chevaliers diraient bientôt:
"Voyez Guillaume, le marquis au fier visage,
comme il vient de nuire à son seigneur légitime; ce
dernier lui a accordé la moitié de son royaume, et
Guillaume ne lui en paie pas un denier vaillant
d'intérêt. À présent il lui a bien rogné ses revenus".») Les mêmes scrupules réapparaissent
lorsque le roi lui propose la moitié de la France; il
rejette cette offre pour des raisons semblables[1]:

«Que ja diroient cil baron naturel («bien nés»):
"Vez ci Guillelme, le marchis au cort nes,
Comme il a ore son droit seignor monté («comme
[il vient de servir»):
Demi son regne li a par mi doné,
Si ne l'en rent un denier monnoié («un denier de
[rente»).
Bien li a ore son vivre recopé («entamé»)".»
[(V. 532-537.)

Peu après son départ, Guillaume éprouve à nouveau des troubles de conscience. Ne risque-t-il pas
d'être accusé d'ingratitude et d'ambition démesu-
rée, lui qui a dédaigné les cadeaux du roi[2]?

«Que diront ore cil baron chevalier:
"Vez de Guillelme, le marchis au vis fier,
Comme il a ore son droit segnor mené:
Demi son regne li volt par mi doner;

1. Nous mettons en italique les termes identiques à ceux de
la citation précédente.
2. Nous mettons en italique les mots présents dans l'une ou
l'autre des deux citations précédentes.

Il fu tant fox qu'il ne l'en sot nul gré,
Ainz prist Espaigne ou n'ot droit herité". » (V. 797-802.)

*Une dernière correspondance concerne le coup
de poing, « arme » fatale qu'utilise Fierebrace pour
éliminer les traîtres[1]. Il tue ainsi le perfide Aymon
le vieux qui l'avait calomnié auprès du souverain :*

Le poing senestre li a mellé el chief,
Hauce le destre, enz el col li asiet,
L'os de la gueule li a par mi froissié ;
Mort le trebuche devant lui a ses piez. (V. 743-746.)

*(Du poing gauche, il saisit Aymon par les che-
veux, il lève le droit et le lui assène sur le cou, il lui
brise la nuque par le milieu et l'étend mort, devant
lui, à ses pieds.) La mort violente de ce félon qui
est ensuite défenestré (v. 747-750) préfigure le sort
réservé aux deux rois païens de Nîmes. Si Otrant
est lui aussi précipité par la fenêtre parce qu'il
refuse d'abjurer (v. 1459-1460), son frère Harpin
est précédemment châtié de ses outrages par un
terrible coup de poing sur la nuque :*

Le poing senestre li a el chief mellé [...]
Hauce le destre, que gros ot et quarré,
Par tel aïr li dona un cop tel *(« lui assène un coup
                          [avec une telle violence »),*
L'os de la gueule li a par mi froé,
Que a ses piez l'a mort acraventé. (V. 1373-1378.)

*La reprise de ce motif illustre que le chevalier
loyal doit se méfier autant des vils courtisans que
des cruels Sarrasins. La fourberie est le défaut du*

1. Voir la note des vers 742-746.

23

monde le mieux partagé, en terre païenne comme en pays chrétien.

Par conséquent tous les échos relevés prouvent que la composition du Charroi de Nîmes, *dont l'unité dramatique est assurée par l'omniprésence du héros, est non seulement soignée mais encore « senefiante ».*

L'idéologie féodale et chrétienne

L'auteur de la chanson est parfaitement conscient des problèmes politiques et sociaux de son époque. Le système féodal repose sur un échange réciproque de droits et d'obligations entre deux hommes libres : tandis que le vassal fournit à son seigneur un servitium *(service) qui consiste en* auxilium *(aide) et* consilium *(conseil), de son côté, le seigneur doit à son vassal protection et entretien, lequel s'opère de deux manières différentes. « Le seigneur peut entretenir directement son vassal à la cour, dans sa maison. Il peut aussi lui concéder un fief », explique François-Louis Ganshof, qui ajoute qu'au XIᵉ siècle « il est normal que le vassal détienne un fief ; le vassal qui n'en détient pas fait de plus en plus figure d'exception : le plus souvent il est dans une situation temporaire ; il attend de se voir concéder un fief, il compte en obtenir un au bout de quelques années de bons services et il est rare que cet espoir soit déçu [1] ».*

On comprend alors l'amertume de Guillaume, nullement récompensé par un roi qu'il a pourtant couronné et secouru en maintes circonstances. Il dénonce ainsi à Bertrand l'injustice du souverain :

1. *Qu'est-ce que la féodalité ?*, Paris, Tallandier, 1982, pp. 154-155.

«Molt l'ai servi, si ne m'a riens doné.» (V. 420.)
«[...] a lui servir ai mon tens si usé;
N'en ai eü vaillant un oef pelé.» (V. 426-427.)

(«J'ai perdu mon temps à le servir, sans obtenir de lui la valeur d'un œuf sans coquille.») En l'occurrence, Louis manque non seulement de reconnaissance mais aussi de générosité puisque le fidèle chevalier se plaint de sa pauvreté et de sa dépendance, avouant même qu'il est dans l'incapacité de nourrir son cheval :

«N'a que doner ne a son hués que prendre.
Mon auferrant m'estuet livrer provende;
Encor ne sai ou le grain en doi prendre.» (V. 90-92.)

(«Il n'a rien à donner ni à prendre pour son propre usage. Je dois donner sa provende à mon cheval; je ne sais pas encore où prendre l'avoine.») Plus qu'un autre, il aurait mérité d'être chasé[1]! Quoique le suzerain ait commis une grave faute en oubliant le héros lors du partage des fiefs, il importe toutefois de préciser qu'au XIIe siècle la pression démographique provoque une pénurie de terres. En fait, après une première distribution, le souverain ne dispose plus d'aucune tenure. Devant les reproches furieux de Fierebrace, il lui offre plusieurs domaines rendus libres par le décès d'un vassal. Cependant Guillaume, qui tient le fief pour héréditaire[2], refuse de dépouiller les fils des feudataires défunts de leur légitime patrimoine : il ne déshéritera ni les deux enfants du comte Foucon,

1. Voir la note du vers 24.
2. Sur l'hérédité du fief, voir François-Louis Ganshof, *op. cit.*, pp. 209-224.

ni le jeune Robert, ni le petit Béranger qu'il proté-
gera contre tout usurpateur éventuel[1]. *Indigné par*
l'ingratitude et la pusillanimité de Louis, le prota-
goniste se montre prêt à se rebeller contre l'autorité
royale; il songe même à destituer celui qu'il a
placé sur le trône (v. 435-436). Si cette démesure
évoque le thème majeur des épopées de la révolte,
telles que Girart de Roussillon, la Chevalerie
Ogier *et* Renaut de Montauban, *néanmoins dans*
Le Charroi de Nîmes *les menaces restent sans*
suite et le conflit demeure purement verbal. Ber-
trand ramène son oncle à la raison en lui rappe-
lant ses devoirs envers son seigneur[2] :

« Vo droit seignor ne devez menacier,
Ainz le devez lever et essaucier *(« mais l'élever et*
                                                    [l'exalter »),
Contre toz homes secorre et aïdier. » (V. 438-440.)

C'est l'une des principales leçons que le trouvère
veut inculquer à son public : le chevalier ne doit
jamais abandonner ni trahir son suzerain, quel
qu'il soit, aussi faible, lâche ou injuste soit-il.
Indépendantes de la personne du roi, les obliga-
tions vassaliques de loyauté, de fidélité et de
dévouement s'imposent par respect pour le prin-
cipe même de la royauté. Cet idéal « promonar-
chique », prôné notamment par Suger, l'abbé de
Saint-Denis, exclut les solutions négatives de la
déposition (c'est-à-dire la destitution du souve-
rain) et de la diffidation (à savoir la renonciation
du vassal à son fief[3]). *La sauvegarde de la monar-*

---

1. *Charroi de Nîmes*, vers 311-313, 322-327, 365-375.
2. Cf. *Charroi de Nîmes*, vers 422-424.
3. Sur ces notions, voir Tony Hunt, « L'inspiration idéologique du *Charroi de Nîmes* », *R.P.B.H.*, t. 56, 1978, pp. 596-599.

chie exige que les vertus du vassal compensent au besoin les défauts du suzerain.

Le service du roi, représentant de Dieu sur terre, est d'ailleurs lié à la défense et à l'exaltation de la chrétienté. La croisade engagée contre les Sarrasins de Nîmes répond à plusieurs objectifs[1]. Il s'agit tout d'abord pour Guillaume de propager la foi ainsi qu'il le répète à ses compagnons :

« Et la loi Deu essaucier et monter. » (V. 648 et 653.)

(« À exalter et à élever la religion chrétienne. ») Cette expédition vise aussi à secourir la population chrétienne persécutée par les attaques incessantes des païens. Ayant constaté dans la région de Saint-Gilles les massacres et les ravages perpétrés par les mécréants, le héros a promis solennellement à son hôtesse une protection militaire efficace :

« La plevi ge le glorïex del ciel,
Et a saint Gile, dont venoie proier,
Qu'en cele terre lor iroie aïdier
A tant de gent com porrai justisier. » (V. 576-579.)

(« Là je fis le serment au glorieux roi du ciel et à saint Gilles que je venais de prier, de porter secours aux gens de ce pays avec autant d'hommes que je pourrais commander. ») En somme, à la tête de l'armée des croisés, Fierebrace s'acquitte de son vœu de pèlerin.

La guerre sainte obéit de surcroît aux nécessités économiques. Au lieu d'appauvrir le roi en le contraignant à des largesses dont il ne semble plus

1. *Ibid.*, pp. 593-594.

avoir les moyens, Guillaume décide de l'enrichir en lui offrant les biens arrachés aux infidèles[1] :

« Moie est la terre, tuens en iert li tresorz. » (V. 492.)

Au demeurant le souverain ne sera pas le seul à tirer profit de la croisade ; le protagoniste disposera enfin d'un domaine alors que les bacheliers et les écuyers démunis bénéficieront de multiples richesses, comme le prétend leur chef :

« Ce vueill ge dire as povres bachelers,
As escuiers qui ont dras depanez *(« vêtements en
                                            [lambeaux »)* [...]
Tant lor dorrai deniers et argent cler,
Chasteaus et marches, donjons et fermetez
                                       [*(« forteresses »)*,
Destriers d'Espaigne, si seront adoubé. »
                                 [(V. 649-650 et 654-656.)

Cette reconquista, *fondée sur la foi religieuse et l'appât du gain, assume donc une « fonction incontestablement cohésive, qui satisfait les intérêts de divers groupes sociaux dans le monde hiérarchique féodal, à savoir (par ordre descendant) Dieu, le roi, Guillaume son grand vassal, les pauvres chevaliers et les opprimés*[2]*. » La dernière laisse traduit cette harmonie sociale reconstituée autour de la victoire et marquée par l'allégresse, l'abondance et la générosité*[3].

---

1. Comme l'écrit Alfred Adler, « loin de n'être *que pauvre*, indigent dans un sens littéral, Guillaume est, épiquement, le dispensateur des richesses dont il demande (ou prétend demander) sa part modeste. Ce qu'il demande, dans le monde épique, c'est le pouvoir *d'enrichir* le roi en élargissant la portée du pouvoir royal qui, agrandi, rendu universel, deviendrait impérial » (« À propos du *Charroi de Nîmes* », *Mélanges Jean Frappier*, Genève, Droz, 1970, t. I, p. 11).
2. Tony Hunt, *op. cit.*, p. 594.
3. Voir la note des vers 1475-1486.

Cette fin quelque peu idyllique ne doit pas nous faire oublier que Le Charroi de Nîmes *témoigne des difficultés politiques et économiques qui règnent dans le monde féodal du XIIe siècle où le manque de terres pousse la plupart des chevaliers puînés à chercher fortune hors des limites de la chrétienté. Les* juvenes, *privés de fief, ont tout à gagner — or, argent, domaine, gloire, salut — en combattant les musulmans. Par conséquent, en abordant les problèmes contemporains, l'auteur manifeste un certain «esprit réaliste[1]».*

Une tonalité réaliste

Certes le sujet de la chanson ne correspond guère à la vérité historique. En effet, même si les Sarrasins ont envahi par deux fois la cité de Nîmes au début du VIIIe siècle, jamais ensuite, sous les règnes de Charlemagne et de Louis le Débonnaire, la ville, reconquise en 737 par Charles Martel, ne fut de nouveau attaquée et occupée par les infidèles[2]. Jamais Guillaume de Toulouse ne se distingua en chassant les mécréants de Nîmes. Le stratagème des tonneaux dissimulant armes et guerriers, la mort des deux rois païens, la prise de la cité, tous ces faits relatés dans Le Charroi de Nîmes *sont purement fictifs.*

En revanche le trouvère respecte davantage l'exactitude géographique[3]. À l'inverse des autres

1. L'expression est de Tony Hunt, *op. cit.*, p. 595.
2. Cf. Léon Gautier, *Les Épopées françaises*, Paris, 1882, t. IV, p. 373, et Jean Frappier, *op. cit.*, p. 189.
3. Voir à ce propos Jean Frappier, *op. cit.*, pp. 189-190 et 233-237; Jean-Charles Payen, «*Le Charroi de Nîmes*, comédie épique?», *Mélanges Jean Frappier*, Genève, Droz, 1970, t. II, p. 899; Marcel Girault, «L'itinéraire du *Charroi de Nîmes*: chemin de Saint-Gilles et chemin de Regordane», *Mélanges René Louis*, Saint-Père-sous-Vézelay, 1982, t. II, pp. 1105-1116.

poètes épiques, plutôt discrets ou fantaisistes dans le domaine topographique, il énumère, avec une précision gratuite, tous les toponymes qui jalonnent l'itinéraire de Guillaume, depuis Paris jusqu'à Nîmes[1] :

Passent Borgoigne et Berri et Auvergne. (V. 785.)
Ont trespassé et Berri et Auvergne.
Clermont lesserent et Monferent a destre.
[(V. 832-833.)
Par Ricordane outre s'en trespasserent,
Desi au Pui onques ne s'aresterent. (V. 840-841.)
Sor la chaucie passent Gardone au gué. (V. 1032.)
Qu'il sont venu a Nymes la cité. (V. 1072.)

À partir de l'Île-de-France, Guillaume et son armée empruntent donc la route de pèlerinage de Saint-Gilles et après Le Puy le chemin de Regordane qui relie l'Auvergne au Languedoc; enfin ils franchissent le Gardon avant d'atteindre la cité gardoise[2]. *Assurément, l'auteur du* Charroi de Nîmes *connaît bien cet itinéraire, peut-être pour l'avoir lui-même suivi en tant que pèlerin ou jongleur, ainsi que le supposent plusieurs spécialistes*[3]. *Il sait également que les échanges commerciaux se développent de plus en plus avec l'Italie dont il*

1. Certains toponymes sont délicats à identifier. Que représente ainsi Vecene ou Necene (variante Nocene) au vers 1055? S'agit-il de Vaison, de Nozières ou du village de Massillan? Quant à la carrière de Lavardi (v. 1056), faut-il songer à celle de Barutel ou à celle de Villeverde?
2. Voir les notes des vers 825, 833, 1032.
3. Alfred Jeanroy, «Études sur le cycle de Guillaume au court nez, II: *Les Enfances Guillaume, Le Charroi de Nîmes, La Prise d'Orange*», *Romania*, t. 26, 1897, p. 22; Ferdinand Lot, «*Le Charroi de Nîmes*», *Romania*, ibid., p. 568, note 1; Joseph Bédier, *Les Légendes épiques. Recherches sur la formation des chansons de geste*, t. I, *Le Cycle de Guillaume d'Orange*, Paris, 3e éd., 1926, p. 375; Jean Frappier, *op. cit.*, p. 233.

cite des régions très actives, telles que la Lombardie, la Romagne, la Pouille, la Toscane, la Sicile et le royaume de Venise.

Le héros se plaît aussi à évoquer toutes les marchandises qu'il prétend transporter, comme s'il voulait griser les Sarrasins par la longue énumération de termes exotiques :

« Encres et soffres, encens et vis argent,
Alun et graine *(« de la cochenille »)* et poivres et
[safran,
Peleterie, bazenne et cordoan *(« de la basane, du*
[*cuir de Cordoue »)*
Et peaux de martre, qui bones sont en tens
[*(« bonnes en hiver »). »* (V. 1148-1151.)

Dans Le Charroi de Nîmes, *c'est le triomphe de l'objet : plus encore que sur les armes chevaleresques, heaumes, hauberts, boucliers, lances et épées qui remplissent les tonneaux (v. 1141-1143), le trouvère s'attarde volontiers sur les objets de piété et les instruments de cuisine ; ici calices d'or, missels, psautiers, chapes, croix, encensoirs, bréviaires, crucifix, nappes d'autel (v. 765-774) ; là pots, poêles, chaudrons, trépieds, crocs aigus, tenailles et landiers (v. 775-779). À ce bric-à-brac s'ajoutent les doloires et les cognées dont se servent les paysans pour cercler les tonneaux et consolider les charrettes :*

Et doleoires et coigniees porter,
Tonneaus loier et toz renoveler,
Chars et charretes chevillier et barrer. (V. 965-967.)

Ainsi l'auteur multiplie les verbes techniques pour décrire le travail des artisans.

L'objet envahit même le style moins épique,

mais plus pittoresque, lorsqu'il s'agit par exemple de traduire l'indigence de Guillaume qui n'a rien gagné à servir Louis :

« N'i ai conquis vaillissant un denier. » (V. 254.)
« N'i ai conquis vaillant un fer de lance. » (V. 277.)

Alors que la plupart des poètes, soucieux de célébrer les exploits surhumains et de glorifier des héros hors du commun, pratiquent l'hyperbole, le trouvère du Charroi de Nîmes *propose des notations et des images concrètes, ou offre, gratuitement, sans nécessité narrative, des données numériques non pas excessives mais précises et vraisemblables : à son retour de la chasse, Fierebrace qui porte quatre flèches au côté (v. 21) est accompagné de quarante bacheliers (v. 23); plus tard, à Notre-Dame-du-Puy, il dépose sur l'autel trois marcs d'argent, quatre étoffes de soie et trois tapis (v. 843-844). Il apprend qu'à Nîmes deux gros pains valent un denier et que le coût de la vie y est deux fois moins élevé qu'ailleurs (v. 910-911), avant de faire reculer ses hommes de quatorze lieues par le chemin de Regordane (v. 957).*
L'auteur esquisse de surcroît une scène de la vie quotidienne lors de la rencontre des chevaliers et d'un paysan transportant un tonneau de sel sur un char à bœufs :

Desor son char a un tonel levé,
Si l'ot empli et tot rasé de sel.
Les trois enfanz que il ot engendrez
Jeuent et rïent et tienent pain assez ;
A la billete jeuent desus le sel. (V. 881-885.)

Ce petit tableau d'enfants rieurs, jouant aux billes sur le sel et tenant un morceau de pain, témoigne du «réalisme» du poète. Une nouvelle fois il se détourne de la tradition: loin de caricaturer le «vilain» et de le dépeindre comme un être hideux et méchant[1], il le présente plutôt de manière sympathique. Bien que le paysan ne comprenne pas les questions d'ordre militaire que lui pose le chef des croisés, son ignorance est pourtant moins ridicule que l'incapacité de Bertrand à faire avancer les bœufs. Le jeune chevalier apprend à ses dépens qu'on ne s'improvise pas bouvier! À chacun son métier.

L'auteur manifeste en outre un plus grand souci de vraisemblance psychologique dans le portrait du protagoniste. Certes le Narbonnais demeure le héros épique traditionnel, doué de qualités physiques exceptionnelles, capable de tuer un adversaire d'un coup de poing. Toutefois Guillaume n'est pas fait d'une seule pièce dans Le Charroi de Nîmes*: sa personnalité y apparaît plus riche, profonde et ambiguë. En effet, le loyal serviteur songe un instant à se révolter contre son suzerain; le pieux pèlerin de Saint-Gilles prête des pensées luxurieuses à son innocente hôtesse[2]; le joyeux compagnon, souvent enclin à plaisanter et à rire, pleure à chaudes larmes, ému de compassion devant les atrocités commises par les païens:*

«Que en mon cuer m'en prist si grant pitié
Molt tendrement plorai des eulz del chief.»

[(V. 574-575.)

Ce guerrier qui semblait inébranlable éprouve soudain des doutes, des scrupules, des remords. Il

1. Voir la note du vers 875.
2. Voir les notes des vers 558-559, 560-561 et 565.

se repent ainsi d'avoir provoqué la mort de nom-
breux bacheliers et le chagrin de leurs mères :

«Por c'ai ocis tante bele jovente,
Ne por qu'ai fet tante mere dolante,
Dont li pechié me sont remés el ventre?» (V. 273-275.)

(«Péché qui est resté au plus profond de moi-
même»). Puis il soupire, regrette ses outrages envers
Louis et craint que les barons ne condamnent son
comportement orgueilleux (v. 791-802). Ces hésita-
tions, ces contradictions et ces troubles donnent
davantage de complexité et d'épaisseur au person-
nage de Guillaume.
En définitive, l'«esprit réaliste» rend la tonalité
de l'épopée moins sublime, mais plus humaine. Il
favorise aussi le comique.

Le comique

Tout au long de la chanson, les rires et les plai-
santeries fusent[1]. C'est la preuve qu'il règne dans
le Charroi de Nîmes *une franche gaieté. Il existe*
tout d'abord des jeux de mots relatifs à l'onomas-
tique sarrasine. Plusieurs noms propres sont amu-
sants parce qu'ils révèlent un trait essentiel de la
personnalité des infidèles. On découvre ainsi

---

1. On relève le verbe *gaber* (v. 1011, 1311, 1361), les termes *rire, ris* et *sorrire* (v. 44, 459, 478, 489, 593, 604, 884, 995, 1001, 1152, 1230). Sur le comique, voir Claude Lachet, *La Prise d'Orange ou la Parodie courtoise d'une épopée*, Paris, Champion, 1986, pp. 177-222 ; Mario Mancini, «L'édifiant, le comique et l'idéologie dans *Le Charroi de Nîmes*», *Société Rencesvals, IVᵉ Congrès International... Actes et Mémoires*, Heidelberg, 1969, pp. 203-212 ; Philippe Ménard, *Le Rire et le sourire dans le roman courtois en France au Moyen Âge (1150-1250)*, Genève, Droz, 1969 ; Jean-Charles Payen, *op. cit.*, pp. 891-902.

Aceré *(v. 516), tranchant comme l'acier,* Arroganz *(v. 518), le revendicateur, du latin* arrogans *(«insolent, présomptueux»),* Barré *(v. 518), que le convoi de chariots empêche d'entrer au palais,* Corsolt *(v. 11), c'est-à-dire le géant,* Desramé *(v. 517), qui représente à la fois l'arabe* Abderrahman *et le participe passé du verbe* desramer *(«démembrer, détruire»),* Murgalez *(v. 520), le Maure débauché,* Otrant *(v. 496), l'exterminateur, et son frère* Harpin *(v. 1080), le rapace.*

Quelques expressions dépréciatives sont savoureuses par leur pittoresque[1]. C'est Guillaume qui souligne son indigence par des formules concrètes :

«Tant t'ai servi que le poil ai chanu.
N'i ai conquis vaillissant un festu.» (V. 257-258.)
«N'en ai eü vaillant un oef pelé.» (V. 427.)

C'est encore lui qui dénonce la couardise du roi par deux comparaisons péjoratives et drôles :

«D'un tref en autre t'en fuioies a pié
En la grant presse, com chetif lïemier.» (V. 235-236.)
«Si s'en foui comme coart levrier.» (V. 361.)

Mais Louis se ridiculise aussi tout seul par des lapalissades ou des extravagances. Au héros furieux qui vomit des menaces, il réplique par un simple truisme, une «ahurissante constatation d'évidence [...] qui, grâce au jeu des laisses similaires, se répète cinq vers plus loin[2]» :

«Sire Guillelmes, dit Looÿs li frans,
Or voi ge bien, plains es de mautalant.» (V. 294-295.)

1. Cf. *Charroi de Nîmes,* vers 277, 402, 1322, 1447.
2. Jean-Charles Payen, *op. cit.,* p. 893.

« Sire Guillelmes, dit Looÿs li prouz,
Or voi ge bien, mautalent avez molt. » (V. 300-301.)

*Il tient ensuite des propos incohérents lorsque,
dans une énumération désordonnée, scandée par
la répétition de l'adjectif* quart(e), *il mélange les
abbayes, les marchés, les cités, les archevêchés, les
hommes d'armes, les chevaliers, les vavasseurs, les
valets, les jeunes filles, les femmes, les prêtres, les
églises, les chevaux et les deniers (v. 384-395).
Cette tirade absurde traduit la faiblesse et la sottise
d'un souverain apeuré, prêt à renoncer à une partie de son royaume.*

*Dans le conflit qui l'oppose à Louis, Guillaume
prête à rire, moins par ses paroles que par ses mou-
vements, excessifs et maladroits. Il foule le plancher de la grande salle avec une telle vigueur qu'il
rompt les tiges de ses souliers (v. 55-56), avant
de s'appuyer sur son arc si violemment qu'il le
brise en mille morceaux (v. 124-128). Ces inci-
dents cocasses visent à détendre l'atmosphère
pathétique de la scène et à rassurer le public assez
inquiet par l'allure farouche du héros et le drame
en train de se nouer. En somme, à peine née, la
colère est aussitôt désamorcée par ces notations
dérisoires[1].*

*D'autres gestes ressortissent à la farce, telle la
gifle que Bernard de Brébant donne à son fils
Guiélin, peu enclin à suivre son oncle dans l'armée chrétienne (v. 609-614). À Nîmes, Harpin s'en
prend à Fierebrace et lui tire la barbe :*

Passa avant, si li tire la barbe,
Par un petit cent peus ne li erraiche. (V. 1332-1333.)

---

1. Voir les notes des vers 56 et 126.

Le trouvère développe davantage le comique de situation. Celle-ci peut être drôle parce qu'elle se renverse tout à coup. Oublié lors de la distribution des fiefs par un roi qui n'a plus aucun domaine à lui offrir, Guillaume quitte la cour, disposé à se rebeller contre Louis (v. 428-436); mais, sur les sages conseils de Bertrand, il retourne bientôt au palais pour obtenir du souverain l'investiture de terres païennes (v. 480-488). Son neveu Guiélin refuse pour sa part de se croiser ; toutefois, souffleté par son père, il ne tarde pas à clamer son enthousiasme à affronter les mécréants (v. 629-634).

Désireux de s'emparer par ruse de la cité gardoise, les Français se travestissent en marchands et en charretiers. Le protagoniste, par exemple, troque son équipement chevaleresque traditionnel contre de piètres habits de vilain, son haubert contre une grossière tunique de bure, son heaume contre un chapeau de feutre, son épée contre un couteau et son fringant destrier contre une jument poussive (v. 1036-1046). Au demeurant il entre parfaitement dans la peau de son personnage et adapte ses propos à sa nouvelle fonction. Répondant aux questions du roi Otrant, il prétend venir de Cantorbéry (v. 1123), avoir une femme et dix-huit enfants (v. 1125), se nommer Tiacre (v. 1136). Avec une faconde intarissable, il énumère les marchandises transportées (v. 1139-1151) et les pays traversés (v. 1189-1202).

Le déguisement, déjà comique en lui-même, l'est plus encore par les conséquences qu'il entraîne et les quiproquos qu'il provoque. Le soi-disant commerçant profite ainsi de sa fausse identité pour tenir des propos à double sens :

« La vile est bone, g'i vorrai demorer.
Ja ne verroiz demain midi passer,

Vespres sonner ne solleill esconser,
De mon avoir vos ferai tant doner,
Toz li plus forz i avra que porter. » (V. 1164-1168.)

(« *La ville est agréable, je veux y rester. Avant que
vous voyiez passer demain midi, sonner les vêpres
et se coucher le soleil, je vous donnerai tant de mes
biens que même le plus fort d'entre vous en aura sa
charge.* ») Si le chef sarrasin ne perçoit que les
vagues promesses d'un marchand, surtout généreux en paroles, l'auditoire devine, quant à lui,
l'annonce implicite de la prise de la ville. Un instant plus tard, le naïf Otrant devient franchement
ridicule en indiquant à son interlocuteur les châti-
ments qu'il infligerait à Fierebrace s'il le tenait en
son pouvoir :

« Pleüst Mahom, qui est mon avoé,
Et Tervagan et ses saintes bontez,
Que le tenisse ça dedenz enserré
Si com faz vos que ge voi ci ester :
Par Mahomet, ja seroit afolé,
Penduz as forches et au vent encroé,
Ou ars en feu ou a honte livré. » (V. 1223-1229.)

(« *Plût à Mahomet qui est mon protecteur, à Tervagan et à ses saintes vertus, que je le tienne
enfermé à l'intérieur de la cité comme vous-même
que je vois debout devant moi : par Mahomet, il
serait bientôt mis à mal, pendu au gibet et balancé
au gré du vent, brûlé sur un bûcher ou exécuté
honteusement.* ») Il est piquant d'entendre le roi
menacer un adversaire qu'il croit loin de lui alors
qu'il se trouve à ses côtés. Cependant le stratagème
tourne rapidement à la confusion du héros, pris à
son propre piège. À demi reconnu à cause de sa
bosse nasale, le voici contraint de justifier sa par-

ticularité physique par un mensonge transformant le célèbre guerrier en un infâme voleur (v. 1234-1241). Il est ensuite obligé de subir, sans sourciller, plusieurs outrages de la part des infidèles. Victime de sa ruse, il se contente de grommeler entre ses dents, de murmurer tout bas, lui qui d'habitude s'exprime haut et clair :

Et dit en bas qu'il ne fu escouté. (V. 1307.)
Guillelmes dist en bas, a recelee *(«en aparté»)*.
[(V. 1344.)

Toutes ces citations montrent bien que la parole l'emporte sur l'action, ce que confirment la suprématie du discours direct et la fréquence des verbes déclaratifs[1].

Quoi qu'il en soit, le souci de faire rire ou sourire l'assistance anime constamment l'auteur du Charroi de Nîmes qui joue avec les clichés. Il qualifie ainsi Fierebrace de saiges (v. 153) au moment où ce dernier s'emporte contre son suzerain, ou use d'épithètes laudatives inadéquates comme ber (v. 278 et 404), frans (v. 294), prouz (v. 300), fier (v. 328), pour dénoncer, non sans ironie, le comportement du lâche et pusillanime roi de France.

Il s'amuse en outre à parodier le motif épique de l'armement en le transposant en un accoutrement grotesque. Les écarts avec le topique sont d'autant plus manifestes que le trouvère introduit la description bouffonne par des locutions stéréotypées, grandiloquentes, tout à fait déplacées dans le contexte[2] :

1. On observe que 63,8 % des vers sont au discours direct, que 32 laisses sur 59 commencent par un discours et 33 s'achèvent de la même manière. D'autre part, on relève 145 occurrences de *dire*, 19 de *demander* et 18 de *respondre*.
2. Cf. *Charroi de Nîmes*, vers 1022-1026.

Huimés devon de dan Bertran chanter
Comfetement il se fu atorné.
Une cote ot d'un burel enfumé. (V. 988-990.)
Des or devons de Guillelme chanter
Comfaitement il se fu atornez.
Li cuens Guillelmes vesti une gonnele. (V. 1034-1036.)

*(Désormais nous devons narrer dans notre chan-
son comment messire Bertrand s'était accoutré: il
mit une tunique de bure noircie [...] Désormais
nous devons évoquer dans notre chanson comment
Guillaume s'était accoutré. Le comte Guillaume a
revêtu une tunique.) De même les formules de
visualisation épique, qui annoncent d'ordinaire de
terribles mêlées ou des exploits surhumains, atti-
rent désormais l'attention sur le travail des paysans*[1]:

Qui dont veïst les vilains del regné
Tonneaus loier, refere et enfoncer,
Et ces granz chars retorner et verser,
Dedenz les tonnes les chevaliers entrer,
De grant barnage li peüst remenbrer. (V. 983-987.)

*(Ah! si vous aviez vu alors les paysans de la
région lier les tonneaux, les réparer, les garnir de
fonds, retourner et renverser les grands chariots, et
les chevaliers entrer dans les tonneaux, vous auriez
pu vous souvenir d'un grand exploit.) Au lieu des
hauts faits attendus, on assiste à la préparation des
chariots et des tonneaux. On peut encore admirer
la «prouesse» de Bertrand quand il soulève la roue
de son char embourbé dans une fondrière:*

1. Cf. *Charroi de Nîmes*, vers 964-969 et 1027-1028.

Qui l'i veïst dedenz le fanc entrer
Et as espaules la roe sozlever;
A grant merveille le peüst regarder. (V. 1007-1009.)

Si la chanson de geste se colore ainsi d'héroï-comique puisqu'un style solennel et pompeux célèbre des activités mineures et une mésaventure peu glorieuse, à l'inverse elle se nuance aussi de burlesque dans la mesure où un sujet noble et grave comme le départ en croisade est traité d'une manière triviale, l'auteur mêlant avec complaisance les objets du culte et les ustensiles de cuisine[1].

Enfin le parodiste n'épargne pas non plus le procédé des laisses similaires. En général les poètes épiques y ont recours afin de mettre en valeur les moments les plus dramatiques de leurs œuvres. Dans Le Charroi de Nîmes, *ces reprises ne servent pas à magnifier les combats acharnés, les beaux coups d'épée ou la mort des héros. Le trouvère en use avec malice pour décrire le cocasse bric-à-brac, le contenu des tonneaux ou l'épisode savoureux des moqueries et de la barbe tirée[2].*

Somme toute, s'il délaisse les motifs tragiques de l'épopée classique, tels que le massacre des chrétiens, le regret funèbre ou l'ensevelissement des cadavres, en revanche l'auteur du Charroi de Nîmes *sait cultiver les éléments comiques et parodiques.*

En définitive poème bien composé, alerte, enjoué, réaliste, humain, Le Charroi de Nîmes *est à la fois une œuvre de propagande qui préconise le dévouement absolu du vassal à l'égard du souve-*

1. Voir la note des vers 765-781.
2. Voir *Charroi de Nîmes*, laisses 26 à 28, 37 à 39 et 50 à 52.

rain et présente la croisade comme une solution aux problèmes contemporains, et une œuvre de divertissement qui joue avec les poncifs, rit des Sarrasins et des Français, déguisés en vilains ou cachés dans des tonneaux, de Guillaume, «chevalier de la charrette» avant Lancelot. Le trouvère transmet donc son message par le rire, avec plus de verve que de souffle, et fait du Charroi de Nîmes *une chanson de verbe plus que de geste*[1].

Claude Lachet

1. Je tiens à remercier Jean-Yves Tadié pour la confiance qu'il m'a témoignée et Jean Dufournet pour les conseils et les encouragements qu'il m'a amicalement prodigués.

PRINCIPES D'ÉDITION
ET DE TRADUCTION

Le Charroi de Nîmes a été transmis par huit manuscrits et un fragment dont on trouvera une présentation détaillée dans l'édition de Duncan McMillan (pp. 14 à 18). Nous avons décidé de reproduire le manuscrit cyclique A_1 (Paris, B.N., fr. 774), écrit en dialecte francien. Datant du milieu du XIIIe siècle, il comporte deux colonnes à la page, quarante vers par colonne, et contient les chansons de geste suivantes : *Enfances Guillaume, Couronnement de Louis, Charroi de Nîmes, Prise d'Orange, Enfances Vivien, Chevalerie Vivien, Aliscans, Folque de Candie, Moniage Rainouart* et *Moniage Guillaume II.*

Le texte du *Charroi de Nîmes* s'étend du f° 33 v° a au f° 41 v° b. Avant le foliotage, un feuillet situé entre les actuels f° 37 et f° 38 a été enlevé ; afin de rétablir les 161 vers manquants (v. 717 à 877 de cette édition), nous avons eu recours au manuscrit A_2 (Paris, B.N., fr. 1449), très proche du précédent.

Dans l'ensemble, le manuscrit a été retranscrit avec le minimum de retouches. Cependant nous avons corrigé les erreurs matérielles indiscutables et suivi plusieurs corrections proposées par Claude Régnier. Les leçons rejetées sont toujours indiquées en bas de page et après une barre verticale / figure l'origine de la leçon retenue.

En face du texte en ancien français, nous proposons une traduction vers par vers en français moderne. Cette version respecte, aussi fidèlement que possible, l'original et devrait permettre au lecteur contemporain qui connaît mal la langue médiévale d'en découvrir les richesses, à son gré. Préférant l'exactitude à l'élégance, nous avons banni les archaïsmes et les termes dont le sens a changé, à l'exception des mots techniques ou de civilisation, expliqués dans des notes lexicales.

Le Charroi de Nîmes

LE CHARROI DE NYMES

I

Oiez, seignor, Dex vos croisse bonté,   [33 c]
Li glorïeus, li rois de majesté!
Bone chançon plest vous a escouter
Del meillor home qui ainz creüst en Dé?
5   C'est de Guillelme, le marchis au cort nes,
Comme il prist Nymes par le charroi mener,
Aprés conquist Orenge la cité
Et fist Guibor baptizier et lever
Que il toli le roi Tiebaut l'Escler;
10 Puis l'espousa a moillier et a per
Et desoz Rome ocist Corsolt es prez.
Molt essauça sainte crestïentez.
Tant fist en terre qu'es ciex est coronez.
Ce fu en mai, el novel tens d'esté:
15 Fueillissent gaut, reverdissent li pré,
Cil oisel chantent belement et soé.
Li cuens Guillelmes reperoit de berser
D'une forest ou ot grant piece esté.
Pris ot dos cers de prime gresse assez,

6. charroi monté / B mener

46

LE CHARROI DE NÎMES

1

Écoutez, seigneurs, que Dieu le glorieux,
le roi de majesté, accroisse votre valeur!
Vous plaît-il d'entendre une bonne chanson
sur le meilleur homme qui ait jamais cru en Dieu?
Il s'agit de Guillaume, le marquis au court nez;
apprenez comment il prit Nîmes en menant le charroi,
puis conquit la cité d'Orange
et fit baptiser Guibourc
qu'il avait enlevée au roi païen Tibaut.
Il l'épousa ensuite en mariage légitime.
Sous les murs de Rome, dans la prairie, il tua Corsolt.
Il exalta vraiment la sainte chrétienté.
Il fit tant sur terre qu'il est couronné aux cieux.
C'était en mai, au retour de la belle saison:
les bois se garnissent de feuilles, les prés reverdissent,
les oiseaux entonnent de beaux et doux chants.
Le comte Guillaume revenait de chasser
dans une forêt où il était resté longtemps.
Il avait pris deux jeunes cerfs bien gras,

20   *Trois muls d'Espaigne et chargiez et trossez.*
Quatre saietes ot li bers au costé;
Son arc d'aubor raportoit de berser.
En sa compaigne quarante bacheler:
Filz sont a contes et a princes chasez,
25   *Chevalier furent de novel adoubé;*
Tienent oiseaus por lor cors deporter,
Muetes de chiens font avec els mener.
Par Petit Pont sont en Paris entré.
Li cuens Guillelmes fu molt gentix et ber:
30   *Sa venoison fist a l'ostel porter.*
En mi sa voie a Bertran encontré,
Si li demande: «Sire niés, dont venez?»

Et dist Bertrans: «Ja orroiz verité:
De cel palés ou grant piece ai esté;
35   *Assez i ai oï et escouté.*
Nostre empereres a ses barons fievez:
Cel done terre, cel chastel, cel citez,   [33 d]

Cel done vile selonc ce que il set;
Moi et vos, oncle, i somes oublié.
40   *De moi ne chaut, qui sui un bacheler,*
Mes de vos, sire, qui tant par estes ber
Et tant vos estes traveilliez et penez
De nuiz veillier et de jorz jeüner.»
Ot le Guillelmes, s'en a un ris gité:
45   *«Niés, dit li cuens, tot ce lessiez ester!*
Isnelement alez a vostre ostel,
Et si vos fetes gentement conraer,
Et ge irai a Looÿs parler.»
Dist Bertran: «Sire, si com vos commandez.»
50   *Isnelement repaire a son hostel.*
Li cuens Guillelmes fu molt gentix et ber;
Trusqu'au palés ne se volt arester;
A pié descent soz l'olivier ramé,
Puis en monta tot le marbrin degré.

dont il avait chargé avec soin trois mulets d'Espagne.
Le baron avait quatre flèches au côté;
il rapportait de la chasse son arc de cytise.
L'accompagnaient quarante jeunes nobles,
fils de comtes et de princes feudataires,
chevaliers récemment adoubés;
tenant des oiseaux pour se divertir,
ils emmenaient des meutes de chiens.
Ils sont entrés dans Paris par le Petit Pont.
Le comte Guillaume était très noble et vaillant:
il fit porter sa venaison à son logis.
Ayant rencontré Bertrand en chemin,
il lui demande: «Seigneur, mon neveu, d'où venez-
                                             [vous?»
Bertrand répond: «Vous allez apprendre la vérité:
je viens de ce palais où je suis resté longtemps;
j'y ai beaucoup entendu et écouté.
Notre empereur a pourvu de fiefs ses barons:
à l'un il donne une terre, à l'autre une forteresse, à
                                       [celui-ci une cité,
à celui-là une ville, selon sa compétence;
mon oncle, vous et moi, nous sommes oubliés.
Peu importe pour moi qui suis un jeune chevalier,
mais pour vous, seigneur, qui êtes si vaillant
et qui vous êtes donné tant de mal et de peine
à veiller la nuit et à jeûner le jour.»
À ces mots, Guillaume a éclaté de rire:
«Mon neveu, dit le comte, laissez tout cela!
Allez vite à votre logis
et équipez-vous de belle façon,
tandis que j'irai parler à Louis.»
Bertrand répond: «Seigneur, à vos ordres.»
Il retourne rapidement à son logis.
Le comte Guillaume était très noble et vaillant;
il ne voulut pas s'arrêter jusqu'au palais;
là, il descendit de cheval sous l'olivier branchu
puis gravit les marches de l'escalier de marbre.

55 *Par tel vertu a le planchié passé*
    Rompent les hueses del cordoan soller;
    N'i ot baron qui n'en fust esfraez.
    Voit le li rois, encontre s'est levez,
    Puis li a dit: «Guillelmes, quar seez.
60 *— Non ferai, sire, dit Guillelmes le ber,*
    Mes un petit vorrai a vos parler.»
    Dist Looÿs: «Si com vos commandez.
    Mien escïent, bien serez escoutez.
    — Looÿs, frere, dit Guillelmes le ber,
65 *Ne t'ai servi par nuit de tastoner,*
    De veves fames, d'enfanz desheriter;
    Mes par mes armes t'ai servi comme ber,

    Si t'ai forni maint fort estor champel,
    Dont ge ai morz maint gentil bacheler
70 *Dont le pechié m'en est el cors entré.*
    Qui que il fussent, si les ot Dex formé.
    Dex penst des ames, si le me pardonez!
    — Sire Guillelmes, dist Looÿs le ber,
    Par voz merciz, un petit me soffrez.
75 *Ira yvers, si revenra estez;*
    Un de cez jorz morra un de voz pers;   [34 a]
    Tote la terre vos en vorrai doner,
    Et la moillier, se prendre la volez.»
    Ot le Guillelmes, a pou n'est forsenez:
80 *«Dex! dist li cuens, qui en croiz fus penez,*
    Com longue atente a povre bacheler
    Qui n'a que prendre ne autrui que doner!
    Mon auferrant m'estuet aprovender;
    Encor ne sai ou grain en doi trover.

63. bien savez escouter / B serez escoutez
65. Molt t'ai servi / BCD Ne t'ai servi
76. mes pers / A₂ voz pers
84. ou g'en doie trover / C 116 grain en doi. Cf. v. 92.

Il a foulé le plancher de la salle avec une telle vigueur
qu'il brise les tiges de ses souliers en cuir de Cordoue ;
pas un baron qui n'en soit effrayé.
L'apercevant, le roi s'est levé à sa rencontre,
puis lui a dit : «Guillaume, asseyez-vous donc.
— Non, sire, répond Guillaume le vaillant,
je veux seulement vous dire quelques mots.
— À vos ordres, déclare Louis,
à mon avis, vous serez bien écouté.
— Louis, mon frère, dit Guillaume le vaillant,
je ne t'ai pas servi en te massant la nuit,
ni en déshéritant des veuves ou des enfants ;
mais je t'ai servi en vaillant chevalier, les armes à la
                                                    [main,
j'ai livré pour toi mainte terrible bataille rangée
où j'ai tué maint noble jeune homme,
péché qui est entré en moi.
Quels qu'ils fussent, Dieu les avait créés.
Que Dieu ait soin de leurs âmes et qu'Il me le pardonne !
— Seigneur Guillaume, répond Louis le vaillant,
je vous en prie, patientez un peu.
L'hiver passera et la belle saison reviendra ;
un de ces jours mourra l'un de vos pairs ;
je vous donnerai alors toute sa terre
et sa femme, si vous voulez l'épouser.»
À ces mots, Guillaume est tout près de devenir fou :
«Dieu, dit le comte, toi qui fus supplicié sur la croix,
quelle longue attente pour un pauvre garçon
qui n'a rien à prendre ni à donner à autrui !
Il me faut nourrir mon cheval ;
je ne sais pas encore où lui trouver son avoine.

85 *Dex! com grant val li estuet avaler*
Et a grant mont li estuet amonter
Qui d'autrui mort atent la richeté!»

II

«Dex! dit Guillelmes, com ci a longue atente
A bacheler qui est de ma jovente!
90 *N'a que doner ne a son hués que prendre.*
Mon auferrant m'estuet livrer provende;
Encor ne sai ou le grain en doi prendre.
Cuides tu, rois, que ge ne me demente?»

III

«Looÿs, sire, dit Guillelmes li fers,
95 *Ne me tenissent mi per a losangier,*

Bien a un an que t'eüsse lessié,
Que de Police me sont venu li briés
Que me tramist li riches rois Gaifier
Que de sa terre me dorroit un quartier,
100 *Avec sa fille tote l'une moitié.*
Le roi de France peüsse guerroier.»
Ot le li rois, le sens cuide changier.
Dist tex paroles que bien deüst lessier.
Par ce commence li maus a engreignier,
105 *Li maltalanz entr'eus a enforcier.*

93. cuide / A₂ cuides
95. Ja me tenissent / B et C 126 Ne me

Dieu! quelle profonde vallée il doit descendre
et quelle haute montagne il doit gravir
celui qui attend la richesse de la mort d'autrui!»

2

«Dieu, dit Guillaume, quelle longue attente
pour un homme de mon âge!
Il n'a rien à donner ni à prendre pour son propre usage.
Je dois donner sa provende à mon cheval;
je ne sais pas encore où prendre l'avoine.
Crois-tu, roi, que je ne me désole pas?»

3

«Louis, sire, poursuit Guillaume le farouche,
si je n'avais pas craint de passer pour un fourbe
                                    [auprès de mes pairs,
il y a bien un an que je t'aurais laissé
quand je reçus de Spolète le message
envoyé par le puissant roi Gaifier:
il m'informait qu'il me donnerait une part de sa terre,
une moitié tout entière avec sa fille.
J'aurais pu alors guerroyer contre le roi de France.»
À ces mots, le roi manque perdre la raison.
Il prononce des paroles qu'il aurait bien dû taire.
Dès lors leur désaccord commence à s'envenimer
et leur colère réciproque s'accroît.

IV

«Sire Guillelmes, dist li rois Looÿs,
Il n'a nul home en trestot cest païs,
Gaifier ne autre, ne li rois d'Apolis,
Qui de mes homes osast un seul tenir
110 Trusqu'a un an qu'il n'en fust mort ou pris,
Ou de la terre fors chaciez en essil.
— Dex! dist li cuens, com ge sui mal bailliz
Quant de vïande somes ici conquis!
Se vos serf mes, dont soie je honiz!»

V

115 «Gentill mesnie, dit Guillelmes le ber,
Isnelement en alez a l'ostel
Et si vos fetes gentement conraer   [34 b]
Et le hernois sor les somiers trosser.
Par maltalent m'estuet de cort torner;
120 Quant por vïande somes au roi remés,

Dont puet il dire que il a tot trové!»
Et cil responent: «Si com vos commandez.»
Sor un foier est Guillelmes montez;
Sor l'arc d'aubor s'est un pou acoutez
125 Que il avoit aporté de berser,
Par tel vertu que par mi est froez,
Que les tronçons en volent trusqu'as trez;
Li tronçon chïent au roi devant le nes.
De grant outraige commença a parler

113. Quant de demande somes / C 147 vïande. Cf. v. 120.

4

«Seigneur Guillaume, dit le roi Louis,
il n'y a personne en tout ce pays,
ni Gaifier, ni un autre, ni le roi de Spolète
qui oserait retenir un seul de mes hommes
sans être, avant un an, pris, tué,
ou banni de sa terre en exil.
— Dieu, dit le comte, quelle fâcheuse situation
d'être assujettis ici pour notre subsistance!
Honte à moi si je reste à votre service!»

5

«Nobles compagnons, reprend Guillaume le vaillant,
hâtez-vous jusqu'au logis,
équipez-vous de belle façon
et chargez les bagages sur les bêtes de somme.
La rancœur me contraint à quitter la cour;
puisque nous sommes restés au service du roi pour
                                    [notre subsistance,
alors il peut dire qu'il a fait des miracles!»
Ses compagnons répondent: «À vos ordres.»
Guillaume est monté sur un foyer;
il s'est un peu appuyé sur l'arc de cytise
qu'il avait apporté de la chasse,
avec une telle force qu'il l'a brisé par le milieu,
et que mille morceaux volent jusqu'aux poutres,
avant de tomber au nez du roi.
Il se mit à parler à Louis d'une manière très insolente

130 Vers Looÿs, quar servi l'ot assez.
     Si grant servise seront ja reprové,
     Les granz batailles et li estor champel.
     « Looÿs sire, dit Guillelmes le ber,
     Dont ne te membre del grant estor champel
135 Que ge te fis par desoz Rome es prez?

     La combati vers Corsolt l'amiré,

     Le plus fort home de la crestïenté
     N'en paiennisme que l'en peüst trover.
     De son brant nu me dona un cop tel
140 Desor le heaume que oi a or gemé
     Que le cristal en fist jus avaler.
     Devant le nes me copa le nasel;
     Tresqu'es narilles me fist son brant coler;
     A mes dos mains le m'estut relever;
145 Grant fu la boce qui fu au renoer.
     Mal soit del mire qui le me dut saner!

     Por ce m'apelent Guillelmë au cort nes.

     Grant honte en ai quant vieng entre mes pers
     Et vers le roi en nostre seignoré.
150 Et dahé ait qui onc en ot espié,
     Heaume n'escu ne palefroi ferré,
     Son brant d'acier o le pont, conquesté! »

---

131. Mi grant / Si grant *d'après* son grant service *de* C 171.
149. Et *omis* / *rétabli d'après* A4.

car il l'avait beaucoup servi.
Il va lui reprocher ses grands services,
les grands combats et les batailles rangées.
«Louis, sire, dit Guillaume le vaillant,
ne te souviens-tu pas de la rude bataille
que j'ai livrée pour toi, sous les murs de Rome, dans la
                                        [prairie?
C'est là que je combattis contre l'émir Corsolt,
l'homme le plus fort que l'on pût trouver dans la
                                        [chrétienté
ou en terre païenne.
Avec son épée nue il me donna un tel coup
sur mon heaume aux pierreries serties d'or
qu'il en fit tomber par terre le cristal.
Devant le nez il me coupa le nasal
et fit glisser son épée jusqu'à mes narines.
Je dus redresser mon nez de mes deux mains.
Il y eut une grande bosse lors du rajustement.
Maudit soit le médecin qui me le soigna!
C'est pour cette raison qu'on m'appelle Guillaume au
                                        [court nez.
J'en éprouve une grande honte quand j'arrive au milieu
                                        [de mes pairs
et devant le roi, au sein de notre assemblée de seigneurs.
Personne n'a jamais gagné du souverain lance,
heaume, écu ou palefroi ferré
ni épée d'acier avec son pommeau!»

«Looÿs rois, dit Guillelmes li saiges,
Droiz empereres, ja fustes vos filz Challe,
155   Au meillor roi qui onques portast armes
Et au plus fier et au plus justisable.
Rois, quar te membre d'une fiere bataille   [34 c]
Que ge te fis au gué de Pierrelate:
Pris Dagobert qui vos iert demorable.

160   Veez le vos a ces granz peaus de martre;
S'il le deffent, bien en doi avoir blasme.
Aprés celui vos en fis ge une autre:
Quant Challemaine volt ja de vos roi fere,
Et la corone fu sus l'autel estable,
165   Tu fus a terre lonc tens en ton estage.
François le virent que ne valoies gaire:
Fere en voloient clerc ou abé ou prestre,
Ou te feïssent en aucun leu chanoine.
Quant el moustier Marie Magdalaine
170   Et Herneïs por son riche lignage
Volt la corone par devers lui atrere,
Quant ge le vi, de bel ne m'en fu gaire;
Ge li donai une colee large,
Que tot envers l'abati sor le marbre;
175   Haïz en fui de son riche lignage.
Passai avant si com la cort fu large,
Que bien le virent et li un et li autre,
Et l'apostoile et tuit li patriarche;
Pris la corone, sor le chief l'en portastes.
180   De cest servise ne vos membre il gaires,
Quant vos sanz moi departistes voz terres.»

«Roi Louis, continue Guillaume le sage,
légitime empereur, vous êtes le fils du défunt Charles,
le meilleur roi qui ait jamais porté les armes,
le plus fier et le plus juste.
Roi, souviens-toi donc d'une terrible bataille
que je livrai pour toi au gué de Pierrelatte.
Je fis prisonnier Dagobert qui resta par la suite auprès
                                        [de toi.
Le voici avec ses grandes peaux de martre ;
s'il le conteste, j'ai tout lieu d'être blâmé.
Après ce combat, j'en livrai un autre pour toi :
quand Charlemagne voulut te faire roi,
alors que la couronne était posée sur l'autel,
tu restas longtemps par terre, immobile.
Les Français virent que tu ne valais guère :
ils voulaient faire de toi un clerc, un abbé ou un prêtre,
ou bien ils t'auraient institué chanoine quelque part.
Lorsque dans l'église Marie-Madeleine
je vis qu'en raison de son puissant lignage
Herneïs voulait tirer à lui la couronne,
cela ne me plut guère ;
je lui donnai un si grand coup
que je le renversai sur le sol en marbre ;
par cet acte, je fus haï de son puissant lignage.
Je m'avançai de toute la largeur de la cour,
sous les regards des uns et des autres,
du pape et de tous les patriarches ;
je pris la couronne que vous portez encore sur la tête.
Vous ne vous souvenez guère de ce service
puisque vous avez distribué vos terres sans m'en
                                        [accorder.»

« Looÿs sire, dit Guillelmes li prouz,
Dont ne te membre du cuvert orgueillous
Qui deffier te vint ci en ta cort ?
185 "N'as droit en France", ce dist il, oiant toz.

En ton empire n'eüs un seul baron,
Droiz empereres, qui deïst o ne non,
Quant me membra de naturel seignor.
Passai avant, tant fis plus que estolt,
190 Si le tuai a un pel com felon ;
Puis fu tele houre que g'en oi grant peor,
Quant reperai de Saint Michiel del Mont
Et j'encontrai Richart le viel, le ros.
Icil iert peres au Normant orgueillous.
195 Il en ot vint et ge n'en oi que dos.
Ge tres l'espee, fis que chevaleros,   [34 d]
A mon nu brant en ocis set des lor,
Voiant lor euz, abati lor seignor.
Gel te rendi a Paris en ta cort ;
200 Aprés fu mort par dedenz ta grant tor.
De cel servise ne vos membrë il prou,
Quant vos sanz moi des terres fetes don.
Rois, quar te membre de l'Alemant Guion :
Quant tu aloies a saint Perre au baron,

205 Chalanja toi François et Borgueignon,
Et la corone et la cit de Loon.
Jostai a lui, quel virent maint baron ;

Par mi le cors li mis le confenon,

186. emperere (+ 1) / A₄ et B empire
190. Si le loiai / B₁ et D 213 tuai

«Louis, sire, ajouta Guillaume le vaillant,
ne te souviens-tu donc pas du gredin insolent
qui vint te défier ici même dans ta cour?
"Tu n'as aucun droit en France", déclara-t-il devant
[tout le monde.
Tu n'eus pas un seul baron dans ton empire,
légitime empereur, pour dire oui ou non,
lorsque moi, je me souvins de mon seigneur naturel.
Je m'avançai et agissant d'une manière insensée,
je le tuai comme un traître, à l'aide d'un pieu.
Puis je connus un moment d'immense frayeur
quand, au retour du Mont Saint-Michel,
je rencontrai Richard le vieux, le roux.
C'était le père de l'orgueilleux Normand.
Il avait vingt hommes avec lui et moi seulement deux.
Je tirai l'épée par un acte courageux;
de ma lame nue, je tuai sept des leurs,
et sous les yeux des autres, j'abattis leur seigneur.
Je te le livrai à Paris, en ta cour;
par la suite il mourut dans ta grande tour.
Tu ne te souviens guère de ce service-là
quand tu donnes des terres sans te soucier de moi.
Roi, souviens-toi de Gui l'Allemand:
pendant que tu te rendais à l'église du vénéré saint
[Pierre,
il te disputa les Français et les Bourguignons,
revendiqua la couronne et la cité de Laon.
Je combattis contre lui, sous les yeux de nombreux
[barons;
je lui transperçai le corps de ma lance pourvue du
[gonfanon,

Gitai le el Toivre, sel mengierent poisson.

210 De cele chose me tenisse a bricon,
     Quant ge en ving a mon hoste Guion
     Qui m'envoia par mer en un dromon.
     Rois, quar te membre de la grant ost Oton :
     O toi estoient François et Borgoignon,
215 Et Loherenc et Flamenc et Frison.
     Par sus Monjeu en aprés Monbardon,
     De si qu'a Rome, qu'en dit en pré Noiron ;

     Mes cors meïsmes tendi ton paveillon,
     Puis te servi de riche venoison. »

VIII

220 « Quant ce fu chose que tu eüs mengié,
     Ge ving encontre por querre le congié.
     Tu me donas de gré et volentiers
     Et tu cuidas que m'alasse couchier
     Dedenz mon tref por mon cors aesier.
225 Ge fis monter dos mile chevaliers ;
     Derriers ton tref te ving eschaugaitier
     En un bruillet de pins et de loriers,
     Ilueques fis les barons enbuschier.
     De ceus de Rome ne te daignas gaitier ;
230 Monté estoient plus de quinze millier,
     Devant ton tref s'en vinrent por lancier,
     Tez laz derompre et ton tref trebuchier,
     Tes napes trere, espandre ton mengier ;
     Ton seneschal vi prendre et ton portier ;
235 D'un tref en autre t'en fuioies a pié
     En la grant presse, com chetif lïemier.
     A haute voiz forment escriiez :   [35 a]

et jetai son cadavre dans le Tibre où les poissons le
[mangèrent.
À la suite de cette affaire je me serais tenu pour fou
sans mon hôte Gui, lequel, dès mon arrivée,
me fit embarquer sur un navire de guerre.
Roi, souviens-toi donc de la puissante armée d'Oton :
avec toi se trouvaient les Français, les Bourguignons,
les Lorrains, les Flamands et les Frisons.
Par-delà le Petit Saint-Bernard, après Monbardon,
le voyage se poursuivit jusqu'à Rome, au lieu-dit le
[parc de Néron ;
je dressai moi-même ta tente,
puis je te servis du gibier de qualité. »

8

« Quand tu eus achevé ton repas,
je vins devant toi pour te demander congé.
Tu me l'accordas très volontiers
en pensant que j'allais me coucher
sous ma tente pour me reposer.
Je fis monter en selle deux mille chevaliers ;
derrière ta tente je vins veiller à ta sécurité,
dans un taillis de pins et de lauriers ;
c'est là que j'embusquai les vaillants chevaliers.
Tu ne daignas pas te garder des Romains ;
pourtant ils étaient plus de quinze mille à cheval,
en lançant leurs traits, ils arrivèrent devant ta tente,
pour rompre ses câbles et la renverser,
pour tirer tes nappes et répandre ta nourriture ;
je vis capturer ton sénéchal et ton portier ;
d'une tente à l'autre tu t'enfuyais à pied
dans la cohue, comme un pauvre chien.
Tu criais à tue-tête :

"Bertran, Guillelmes, ça venez, si m'aidiez!"
Lors oi de vos, dans rois, molt grant pitié.
240 La joustai ge a set mile enforcié,
Et si conquis a vous de chevaliers
Plus de trois cenz as auferranz destriers.

Delez un mur vi lor seignor bessié;
Bien le connui au bon heaume vergié,
245 A l'escharbocle qui luisoit el nasel.
Tel li donai de mon tranchant espié
Que l'abati sor le col del destrier.
Merci cria, por cë en oi pitié:
"Ber, ne m'oci, se tu Guillelmes ies!"
250 Menai le vos, onc n'i ot delaié.
Encore en as de Rome mestre fié;
Tu es or riche et ge sui po proisié.
Tant com servi vos ai tenu le chief,
N'i ai conquis vaillissant un denier.
255 "Dant muse en cort", m'apelent li Pohier.»

IX

«Looÿs sire, Guillelme a respondu,
Tant t'ai servi que le poil ai chanu.
N'i ai conquis vaillissant un festu,
Dont en ta cort en fusse mielz vestu;
260 Encor ne sai quel part torne mon huis.

243. Delez un marbre / B, C 299 et D 301 mur
255. Dont nus en cort m'apelast chevalier. / leçon de C 309.
Cf. C 315 «Dant muse en cort» en sui par tot tenu.
259. Ne en ta cort / C. Régnier Dont

"Bertrand, Guillaume, par ici, à l'aide!"
Alors, noble roi, j'eus grand pitié de vous.
Là je combattis contre sept mille puissants guerriers
et pour vous je fis prisonniers
plus de trois cents chevaliers avec leurs fougueux
[destriers.
Je vis leur seigneur baissé près d'un mur ;
je le reconnus bien à son solide heaume cannelé
et à l'escarboucle qui brillait sur le nasal.
Je lui donnai un tel coup de ma lance tranchante
que je l'abattis sur l'encolure de son destrier.
Il cria grâce, c'est pourquoi j'eus pitié de lui :
"Baron, ne me tue pas, si tu es Guillaume !"
Je te l'ai amené sans retard.
Ainsi tu as encore un fief important à Rome ;
à présent tu es puissant alors que je suis peu estimé.
Tant que je t'ai servi, je t'ai protégé
sans gagner un seul denier vaillant.
Les Picards me surnomment : "Messire le flâneur de la
[cour". »

9

« Louis, sire, reprit Guillaume,
je t'ai servi si longtemps que j'ai les cheveux blancs.
Je n'y ai pas gagné la valeur d'un fétu
qui m'eût permis d'être mieux vêtu à ta cour ;
je ne sais pas encore de quel côté tourne ma porte.

65

Looÿs sire, qu'est vo sens devenuz?
L'en soloit dire que g'estoie voz druz,
Et chevauchoie les bons chevaus crenuz,
Et vos servoie par chans et par paluz.
265 Mal dahé ait qui onques mielz en fu,
Ne qui un clo en ot en son escu
Se d'autrui lance ne fu par mal feru.

Plus de vint mile ai tué de faus Turs;
Mes, par celui qui maint el ciel lasus,
270 Ge tornerai le vermeil de l'escu.
Fere porroiz que n'ere mes vo dru. »

X

« Dex, dit Guillelmes, qu'issis de Virge gente,
Por c'ai ocis tante bele jovente,
Ne por qu'ai fet tante mere dolante,
275 Dont li pechié me sont remés el ventre?
Tant ai servi cest mauvés roi de France,
N'i ai conquis vaillant un fer de lance. »   [35 b]

XI

« Sire Guillelmes, dit Looÿs le ber,
Por cel apostre qu'en quiert en Noiron pré,

271. Fere porroi que n'en mes vo dru / *leçon de* A₂

66

Sire Louis, qu'est devenue ta raison?
On avait l'habitude de dire que j'étais ton familier;
je montais les bons chevaux à longue crinière,
et je te servais par les champs et les marais.
Jamais personne ne s'en trouva mieux,
ni n'eut un clou dans son bouclier
à moins d'avoir reçu un violent coup d'une lance
                                        [ennemie.
J'ai tué plus de vingt mille perfides Turcs;
mais par Celui qui demeure là-haut dans le ciel,
je me retournerai contre mon suzerain.
Tu pourras faire en sorte que je ne sois plus ton
                                        [familier. »

                        10

« Dieu, dit Guillaume, toi qui naquis de la douce Vierge,
pourquoi ai-je tué tant de beaux jeunes gens
et pourquoi ai-je affligé tant de mères,
péché qui est resté au plus profond de moi-même?
J'ai servi si longtemps ce mauvais roi de France,
sans y gagner la valeur d'un fer de lance. »

                        11

« Seigneur Guillaume, répond Louis le vaillant,
par cet apôtre qu'on implore dans le parc de Néron

280　Encor ai ge seissante de voz pers
　　A qui ge n'ai ne pramis ne doné.»
　　Et dit Guillelmes : «Dan rois, vos i mentez.
　　Il ne sont mie en la crestïenté,
　　N'i a fors vos qui estes coroné.
285　Par desus vos ne m'en quier ja vanter.
　　Or prenez cels que vos avez nomez,
　　Tot un a un les menez en cel pré
　　Sor les chevaus garniz et conraez ;
　　Se tant et plus ne vos ai devïez
290　Ja mar avrai riens de tes heritez,
　　Et vos meïsmes, se aler i volez.»
　　Ot le li rois, s'est vers lui enclinez ;
　　Au redrecier l'en a aresonné.

XII

　　«Sire Guillelmes, dit Looÿs li frans,
295　Or voi ge bien, plains es de mautalant.
　　— Voir, dit Guillelmes, si furent mi parent.

　　Ensi vet d'ome qui sert a male gent :
　　Quant il plus fet, n'i gaaigne neant,
　　Einçois en vet tot adés enpirant.»

XIII

300　«Sire Guillelmes, dit Looÿs li prouz,
　　Or voi ge bien, mautalent avez molt.
　　— Voir, dit Guillelmes, s'orent mi ancessor.

j'ai encore soixante de vos pairs
auxquels je n'ai rien promis ni donné. »
Guillaume réplique : « Noble roi, vous mentez.
Je n'ai pas de pair dans la chrétienté,
excepté vous-même qui êtes couronné.
Je ne cherche pas à me vanter à vos dépens.
À présent prenez ceux que vous avez nommés,
conduisez-les, l'un après l'autre, dans ce pré,
sur des chevaux équipés et armés ;
si je ne vous en tue pas tant et plus
que je ne possède jamais rien de vos biens,
et je lutterai contre vous-même, si vous voulez y aller. »
À ces mots, le roi s'est incliné devant lui ;
en se redressant, il lui a adressé la parole.

12

« Seigneur Guillaume, dit Louis le noble,
à présent je le vois bien, tu es rempli de colère.
— C'est vrai, répond Guillaume, à l'exemple de mes
                                              [parents.
Il en va ainsi quand on sert de mauvaises gens :
plus on en fait et moins on y gagne,
au contraire la situation ne cesse d'empirer. »

13

« Seigneur Guillaume, dit Louis le vaillant,
à présent je le vois bien, vous êtes très en colère.
— C'est vrai, répond Guillaume, à l'instar de mes
                                              [ancêtres.

Ensi vet d'ome qui sert mauvés seignor :
Quant plus l'alieve, si i gaaigne pou.
305 — Sire Guillelmes, Looÿs li respont,
Gardé m'avez et servi par amor
Plus que nus hom qui soit dedenz ma cort.
Venez avant, ge vos dorrai beau don :
Prenez la terre au preu conte Foucon ;
310 Serviront toi trois mile compaignon.
— Non ferai, sire, Guillelmes li respont.
Del gentill conte dui enfanz remés sont
Qui bien la terre maintenir en porront.
Autre me done, que de cestui n'ai soing. »

XIV

315 « Sire Guillelmes, dit li rois Looÿs,
Quant ceste terre ne volez retenir
Ne as enfanz ne la volez tolir,   [35 c]
Prenez la terre au Borgoing Auberi
Et sa marrastre Hermensant de Tori,
320 La meillor feme qui onc beüst de vin ;
Serviront toi trois mille fervesti.
— Non ferai, sire, Guillelmes respondi.
Del gentill conte si est remés un fill ;
Roberz a nom, mes molt par est petiz,
325 Encor ne set ne chaucier ne vestir.
Se Dex ce done qu'il soit granz et forniz,
Tote la terre porra bien maintenir. »

318. Borgoig / A₂ Borgoing

Il en va ainsi quand on sert un mauvais seigneur :
on a beau l'élever en dignité, on y gagne bien peu.
— Seigneur Guillaume, lui réplique Louis,
vous m'avez protégé et servi de bonne grâce
plus que personne à ma cour.
Avancez, je vous accorderai un beau cadeau.
prenez la terre du vaillant comte Foucon ;
trois mille hommes vous serviront.
— Non, sire, lui rétorque Guillaume.
Le noble comte a laissé deux enfants
qui pourront gouverner le domaine comme il faut.
Donnez m'en un autre, car je ne me soucie pas de
[celui-là. »

14

« Seigneur Guillaume, dit le roi Louis,
puisque vous ne voulez pas accepter cette terre
ni l'enlever aux enfants,
prenez celle du Bourguignon Auberi
et épousez sa belle-mère, Hermensant de Tori,
la meilleure femme qui ait jamais bu de vin ;
trois mille soldats habillés de fer vous serviront.
— Non, sire, répond Guillaume
Le noble comte a laissé un fils ;
il se nomme Robert, mais il est tout petit,
il ne sait pas encore se chausser ni se vêtir.
Si Dieu lui accorde de devenir grand et robuste,
il pourra gouverner comme il faut tout le domaine. »

«Sire Guillelmes, dit Looÿs le fier,
Quant cel enfant ne veus desheritier,
330 Pren dont la terre au marchis Berengier.
Morz est li cuens, si prenez sa moillier;
Serviront toi dui mile chevalier
A cleres armes et as coranz destriers;
Del tuen n'avront vaillissant un denier.»
335 Ot le Guillelmes, le sens cuide changier;
A sa voiz clere commença a huichier:
«Entendez moi, nobile chevalier,
De Looÿs, mon seignor droiturier,
Comme est gariz qui le sert volantiers.
340 Or vos dirai del marchis Berengier:
Ja fu il nez enz el val de Riviers;
Un conte ocist dont ne se pot paier;

A Monloon en vint corant au sié,
Illuec chaï l'empereor au pié,
345 Et l'empereres le reçut volantiers,
Dona li terre et cortoise moillier.
Cil le servi longuement sanz dangier.
Puis avint chose, li rois se combatié
As Sarrazins, as Turs et as Esclers.
350 Li estors fu merveilleus et pleniers;
Abatuz fu li rois de son destrier,
Ja n'i montast a nul jor desoz ciel,
Quant i sorvint li marchis Berengier.
Son seignor vit en presse mal mener:
355 Cele part vint corant tot eslessié;
En son poing tint le brant forbi d'acier.
La fist tel parc comme as chiens le sanglier,   [35 d]

352. desor ciel / A₂, A₃ et A₄ desoz

«Seigneur Guillaume, dit Louis le fier,
puisque tu ne veux pas dépouiller cet enfant,
prends donc la terre du marquis Béranger.
Le comte est mort, épouse aussi sa femme ;
te serviront deux mille chevaliers,
aux armes brillantes et aux destriers rapides,
sans qu'il t'en coûte un seul denier vaillant. »
À ces mots, Guillaume manque perdre la raison ;
de sa voix claire il commence à crier :
« Écoutez-moi, nobles chevaliers,
apprenez comment Louis, mon seigneur légitime,
récompense celui qui le sert volontiers.
Je vais vous parler du marquis Béranger :
il était né dans le val de Riviers ;
il tua un comte, meurtre dont il ne put acquitter
[l'amende ;
il se précipita à la résidence royale de Montlaon ;
là, il tomba aux pieds de l'empereur
qui le reçut de bon gré,
lui donna une terre et une courtoise épouse.
Le chevalier le servit longtemps sans réserve.
Puis il advint que le roi combattit
contre les Sarrasins, les Turcs et les Slaves.
La mêlée fut terrible et acharnée ;
le roi fut jeté à bas de son destrier,
il n'y serait jamais remonté
quand survint le marquis Béranger.
Il vit son seigneur malmené dans la cohue :
il se précipita de ce côté, à bride abattue ;
son épée d'acier éclatante au poing,
il fit le vide autour de lui comme le sanglier au milieu
[des chiens,

Puis descendi de son corant destrier
Por son seignor secorre et aïdier.
360   Li rois monta et il li tint l'estrier,
Si s'en foui comme coart levrier.
Einsi remest li marchis Berangier;
La le veïsmes ocirre et detranchier,
Ne li peüsmes secorre ne aidier.
365   Remés en est un cortois heritier:
Icil a nom le petit Berangier.
Molt par est fox qui l'enfant veult boisier,

Si m'aïst Dex, que fel et renoiez.
Li empereres me veult doner son fié:
370   Ge n'en vueill mie, bien vueill que tuit l'oiez.

Et une chose bien vos doi acointier:
Par cel apostre qu'en a Rome requiert,
Il n'a en France si hardi chevalier,
S'il prent la terre au petit Berangier,
375   A ceste espee tost ne perde le chief.
— Granz merciz, sire», dïent li chevalier
Qui apartienent a l'enfant Berangier.
Cent en i a qui li clinent le chief,
Qui tuit li vont a la jambe et au pié.
380   «Sire Guillelmes, dit Looÿs, oiez:
Quant ceste henor a prendre ne vos siet,
Se Dex m'aïst, or vos dorrai tel fié,
Se saiges estes, dont seroiz sorhaucié.
Ge vos dorrai de Francë un quartier,
385   Quarte abeïe et puis le quart marchié,
Quarte cité et quarte archeveschié,
Le quart serjant et le quart chevalier,
Quart vavassor et quart garçon a pié,
Quarte pucele et la quarte moillier,

386. cité omis / rétabli d'après A₂, A₃ et A₄

puis il descendit de son destrier rapide
pour secourir et aider son seigneur.
Tandis qu'il lui tenait l'étrier, le roi se mit en selle
et s'enfuit comme un lévrier couard.
C'est ainsi que resta sur place le marquis Béranger ;
là, nous le vîmes tué et taillé en pièces,
sans pouvoir le secourir ni l'aider.
Il a laissé un noble héritier
qui s'appelle le petit Béranger.
Il est complètement fou celui qui veut faire tort à
        [l'enfant,
par Dieu, je vous l'assure, c'est un traître et un renégat.
L'empereur veut me donner son fief :
je n'en veux pas, je tiens absolument à ce que vous
        [l'entendiez tous.
Et je dois bien vous avertir d'une chose :
par cet apôtre qu'on implore à Rome,
il n'y a pas en France si hardi chevalier
qui, s'il prend la terre du petit Béranger,
ne soit aussitôt décapité avec cette épée.
— Merci beaucoup, seigneur », disent les chevaliers
apparentés au jeune Béranger.
Ils sont cent qui inclinent la tête devant lui
et se pressent contre sa jambe et son pied.
« Seigneur Guillaume, dit Louis, écoutez :
puisqu'il ne vous convient pas de prendre ce domaine,
par Dieu, je vous assure, je vais vous donner un fief
qui accroîtra votre puissance, si vous êtes raisonnable.
Je vous donnerai un quart de la France,
le quart des abbayes, ensuite le quart des marchés,
le quart des cités et le quart des archevêchés,
le quart des hommes d'armes, le quart des chevaliers,
le quart des vavasseurs, le quart des valets,
le quart des jeunes filles et le quart des femmes,

390   *Et le quart prestre et puis le quart moustier;*
De mes estables vos doing le quart destrier;
De mon tresor vos doing le quart denier;
La quarte part vos otroi volantiers
De tot l'empire que ge ai a baillier.
395   *Recevez le, nobile chevalier.*
— Non ferai, sire, Guillelmes respondié.
Ce ne feroie por tot l'or desoz ciel,   [36 a]
Que ja diroient cil baron chevalier:
"Vez la Guillelme, le marchis au vis fier,
400   *Comme il a ore son droit seignor boisié;*
Demi son regne li a tot otroié,
Si ne l'en rent vaillissant un denier.

Bien li a ore son vivre retaillié." »

XVI

« *Sire Guillelmes, dit Looÿs le ber,*
405   *Par cel apostre qu'en quiert en Noiron pré,*
Quant ceste hennor reçoivre ne volez,
En ceste terre ne vos sai que doner,
Ne de nule autre ne me sai porpenser.
— Rois, dit Guillelmes, lessiez le dont ester;
410   *A ceste foiz n'en quier or plus parler.*
Quant vos plera, vos me dorroiz assez

Chastiaus et marches, donjons et fermetez. »
A cez paroles s'en est li cuens tornez;
Par maltalent avale les degrez.
415   *En mi sa voie a Bertran encontré*

397. desor ciel / A$_2$, A$_3$ et A$_4$ desoz

le quart des prêtres, puis le quart des églises;
je vous donne le quart des destriers de mes écuries;
je vous donne le quart des deniers de mon trésor;
je vous accorde volontiers le quart
de tout l'empire que je dois gouverner.
Acceptez-le, noble chevalier.
— Non, sire, répondit Guillaume.
Je ne l'accepterais pas pour tout l'or du monde,
car ces vaillants chevaliers diraient bientôt:
"Voyez Guillaume, le marquis au fier visage,
comme il vient de nuire à son seigneur légitime;
ce dernier lui a accordé la moitié de son royaume,
et Guillaume ne lui en paie pas un denier vaillant
                                          [d'intérêt.
À présent il lui a bien rogné ses revenus." »

16

« Seigneur Guillaume, dit Louis le vaillant,
par cet apôtre qu'on implore dans le parc de Néron,
puisque vous ne voulez pas accepter ce fief,
je ne sais que vous donner sur cette terre,
et je suis incapable de penser à un autre don.
— Roi, dit Guillaume, laissez donc cela;
pour cette fois, je ne désire pas en parler davantage.
Quand il vous plaira, vous me donnerez en grand
                                          [nombre
châteaux, provinces, donjons et forteresses. »
Sur ces paroles, le comte est parti;
plein de rancœur, il descend l'escalier.
En chemin il rencontre Bertrand

Qui li demande: « Sire oncle, dont venez ? »

Et dit Guillelmes: « Ja orroiz verité:

De cel palés ou ai grant piece esté.
A Looÿs ai tencié et iré;
420 Molt l'ai servi, si ne m'a riens doné. »
Et dit Bertran: « A maleïçon Dé!
Vo droit seignor ne devez pas haster,
Ainz le devez servir et hennorer,
Contre toz homes garantir et tenser.
425 — Di va, fet il, ja m'a il si mené
Qu'a lui servir ai mon tens si usé;
N'en ai eü vaillant un oef pelé. »

XVII

Et dit Guillelmes: « Sire Bertran, beaux niés,
Au roi servir ai mon tens emploié,
430 Si l'ai par force levé et essaucié;
Or m'a de France otroié l'un quartier
Tot ensement com fust en reprovier.
Por mon servise me velt rendre loier;

Mes, par l'apostre qu'en a Rome requiert,
435 Cuit li abatre la corone del chief:
Ge li ai mis, si la vorrai oster. »
Dist Bertran: « Sire, ne dites pas que ber.   [36 b]

Vo droit seignor ne devez menacier,
Ainz le devez lever et essaucier,
440 Contre toz homes secorre et aïdier. »
Et dit li cuens: « Vos dites voir, beau niés;

qui lui demande : «Seigneur, mon oncle, d'où venez-
vous ?»
Et Guillaume de répondre : «Vous allez apprendre la
[vérité :
je viens de ce palais où je suis resté longtemps.
Je me suis querellé et disputé avec Louis ;
je l'ai beaucoup servi mais il ne m'a rien donné.»
Bertrand réplique : «Malédiction de Dieu !
Vous ne devez pas harceler votre légitime seigneur,
mais le servir, l'honorer,
le protéger et le défendre contre tous les hommes.
— Allons, dit-il, il m'a traité de telle façon
que j'ai perdu mon temps à le servir,
sans obtenir de lui la valeur d'un œuf sans coquille.»

17

Et Guillaume ajoute : «Seigneur Bertrand, cher neveu,
j'ai employé mon temps à servir le roi,
je l'ai de toutes mes forces élevé et exalté ;
il vient de m'accorder un quart de la France
de la même manière que si c'était un reproche.
En échange de mon service, il veut me donner un
[salaire ;
mais, par l'apôtre qu'on implore à Rome,
je compte lui faire tomber la couronne de la tête :
je la lui ai mise, je veux la lui ôter.»
Bertrand réplique : «Seigneur, vous ne parlez pas en
[vaillant chevalier.
Vous ne devez pas menacer votre légitime seigneur,
mais l'élever et l'exalter,
le secourir et l'aider contre tous les hommes.»
Et le comte répond : «Vous dites vrai, cher neveu ;

La leauté doit l'en toz jorz amer.
Dex le commande, qui tot a a jugier.»

XVIII

«Oncle Guillelmes, dit Bertran li senez,
445 Quar alons ore a Looÿs parler
Et moi et vos en cel palés plenier,
Por querre un don dont me sui porpensé.
— Quiex seroit il?» dit Guillelmes le ber.
Et dit Bertran: «Ja orroiz verité.

450 Demandez li Espaigne le regné,
Et Tortolouse et Porpaillart sor mer,
Et aprés Nymes, cele bone cité,
Et puis Orenge qui tant fet a loer:
S'il la vos done, n'i afiert mie grez,
455 C'onques escuz n'en fu par lui portez,
Ne chevalier n'en ot ensoldeez;
Assez vos puet cele terre doner,
Ne son reaume n'en iert gaires grevez.»
Ot le Guillelmes, s'en a un ris gité:
460 «Niés, dit Guillelmes, de bone heure fus nez,

Que tot ausi l'avoie ge pensé,
Mes ge voloie avant a toi parler.»
As mains se prennent, el palés sont monté,
Trusqu'a la sale ne se sont aresté.
465 Voit le li rois, encontre s'est levé,
Puis li a dit: «Guillelmes, quar seez.
— Non ferai, sire, dit li cuens naturez,
Mes un petit vorroie a vos parler
Por querre un don dont me sui porpensez.»
470 Et dit li rois: «A beneïçon Dé!

on doit toujours aimer la loyauté.
Dieu l'ordonne, lui qui doit tout juger.»

18

«Oncle Guillaume, déclare Bertrand le sage,
allons donc parler maintenant à Louis,
vous et moi, dans ce vaste palais,
pour solliciter un don auquel j'ai réfléchi.
— Quel serait-il?» demande Guillaume le vaillant.
Et Bertrand de répondre: «Vous allez apprendre la
                                                [vérité.
Demandez-lui le royaume d'Espagne,
Tortolouse et Portpaillart-sur-mer,
puis Nîmes, cette puissante cité,
enfin Orange qui mérite tous les éloges:
S'il vous accorde ce domaine, inutile de le remercier,
car jamais il n'y a porté de bouclier
ni enrôlé de chevalier pour sa conquête;
il peut bien vous donner ce territoire
sans porter de grand préjudice à son royaume.»
À ces mots, Guillaume a éclaté de rire:
«Mon neveu, dit Guillaume, tu es né sous une bonne
                                                [étoile,
car j'y avais songé moi aussi,
mais je voulais t'en parler auparavant.»
Se prenant par la main, ils sont montés au palais
sans s'arrêter jusqu'à la grand-salle.
Les apercevant, le roi se lève à leur rencontre
puis il dit à Guillaume: «Asseyez-vous donc.
— Non, sire, réplique le comte bien né,
mais je voudrais vous dire quelques mots
pour solliciter un don auquel j'ai réfléchi.»
Et le roi s'exclame: «Béni soit Dieu!

81

Se vos volez ne chastel ne cité,
Ne borc ne vile, donjon ne fermeté,
Ja vos sera otroié et graé.
Demi mon regne, se prendre le volez,
475 Vos doin ge, sire, volantiers et de grez;
Quar de grant foi vos ai toz jorz trové
Et par vos sui roi de France clamé.»   [36 c]

Ot le Guillelmes, s'en a un ris gité;
Ou voit le roi, si l'a araisonné:
480 «Icestui don par nos n'iert ja rové;
Ainz vos demant Espaigne le regné,
Et Tortolose et Porpaillart sor mer;
Si vos demant Nymes cele cité,
Aprés Orenge qui tant fet a loer.
485 Se la me dones, n'i afiert mie grez,

C'onques escuz n'en fu par toi portez,
N'ainz chevalier n'en eüs au digner,
N'apovrïez n'en est vostre chatel.»
Ot le li rois, s'en a un ris gité.

                        XIX

490 «Looÿs sire, dit Guillelmes le fort,
Por Deu, me done d'Espaigne toz les porz;
Moie est la terre, tuens en iert li tresorz;
Mil chevalier t'en conduiront en ost.»

82

Si vous voulez château, cité,
bourg, ville, donjon ou forteresse,
je vous l'accorderai aussitôt très volontiers.
Si vous voulez prendre la moitié de mon royaume,
je vous la donne, seigneur, de bon gré;
car je vous ai toujours trouvé très fidèle
et c'est grâce à vous que j'ai été proclamé roi de
[France.»
À ces mots, Guillaume a éclaté de rire;
sans plus attendre, il s'est adressé au roi:
«Je ne solliciterai jamais une telle faveur;
mais je vous demande le royaume d'Espagne,
Tortolouse et Portpaillart-sur-mer;
je vous demande aussi la cité de Nîmes,
puis Orange qui mérite tous les éloges.
Si vous m'accordez ce domaine, inutile de vous
[remercier,
car vous n'y avez jamais porté de bouclier
ni entretenu de chevalier.
Votre patrimoine n'en sera pas appauvri.»
À ces mots, le roi a éclaté de rire.

19

«Louis, sire, dit Guillaume le fort,
au nom de Dieu, donne-moi tous les cols d'Espagne;
à moi est la terre, à toi sera le trésor;
mille chevaliers t'accompagneront en campagne.»

«Done moi, rois, Naseüre la grant
495 Et avec Nymes et le fort mandement,
S'en giterai le mal paien Otrant
Qui tant François a destruit por neant,
De maintes terres les a fet defuiant.
Se Dex me veult aidier, par son commant,
500 Ge autre terre, sire, ne vos demant.»

XXI

«Donez moi, sire, Valsoré et Valsure,
Donez moi Nymes o les granz tors aguës,
Aprés Orenge, cele cité cremue,
Et Neminois et tote la pasture,
505 Si com li Rosnes li cort par les desrubes.»
Dist Looÿs: «Beau sire Dex, aiüe!
Par un seul home iert cele honor tenue?»
Et dit Guillelmes: «De sejorner n'ai cure.
Chevaucherai au soir et a la lune,
510 De mon hauberc covert l'afeutreüre,
S'en giterai la pute gent tafure.»

498. fet definant / A₄ defuiant
505. por les desrubes / A₂, A₃ et A₄ par

20

«Donne-moi, roi, Naseüre la grande ville,
et, avec elle, Nîmes et sa place forte,
j'en chasserai le mauvais païen Otrant
qui a massacré sans raison tant de Français
et les a fait fuir de maintes terres.
Si Dieu veut m'aider, par son commandement,
je ne vous demande pas d'autre terre, sire.»

21

«Donnez-moi, sire, Valsoré et Valsure,
donnez-moi Nîmes aux grandes tours pointues,
puis Orange, la cité redoutable
et le pays nîmois et tous ses pâturages,
là où coule le Rhône au fond des ravins.»
Louis dit: «Cher seigneur Dieu, à l'aide!
Un homme seul gardera-t-il ce fief?»
Et Guillaume répond: «Je n'ai cure de m'attarder.
Je chevaucherai le soir, au clair de lune,
revêtu de la pièce de feutre de mon haubert,
et j'en chasserai la sale race sarrasine.»

«Sire Guillelmes, dit li rois, entendez.
Par cel apostre qu'en quiert en Noiron prez,
El n'est pas moie, ne la vos puis doner;
515 Einçois la tienent Sarrazin et Escler,
Clareaus d'Orenge et son frere Aceré,
Et Golïas et li rois Desramé,   [36 d]
Et Arroganz et Mirant et Barré,
Et Quinzepaumes et son frere Gondré,
520 Otrans de Nimes et li rois Murgalez.
Le roi Tiebaut i doit l'en coroner;
Prise a Orable, la seror l'amiré:
C'est la plus bele que l'en puisse trover
En paienie n'en la crestïenté.
525 Por ce crien ge, se entr'eus vos metez,

Que cele terre ne puissiez aquiter.
Mes, s'il vos plest, en ceste remanez;
Tot egalment departons noz citez:
Vos avroiz Chartres et Orliens me lerez,
530 Et la corone, que plus n'en quier porter.

— N'en ferai, sire, dit Guillelmes le ber,
Que ja diroient cil baron naturel:
"Vez ci Guillelme, le marchis au cort nes,
Comme il a ore son droit seignor monté:
535 Demi son regne li a par mi doné,
Si ne l'en rent un denier monnoié.
Bien li a ore son vivre recopé."»

«Seigneur Guillaume, dit le roi, écoutez.
Par cet apôtre qu'on implore dans le parc de Néron,
cette terre n'est pas à moi, je ne puis vous la donner;
mais elle appartient aux Sarrasins et aux Slaves,
Clareau d'Orange et son frère Acéré,
Golias et le roi Desramé,
Arrogant, Mirant et Barré,
Quinzepaumes et son frère Gondré,
Otrant de Nîmes et le roi Murgalé.
On doit y couronner le roi Tibaut;
il a épousé Orable, la sœur de l'émir:
c'est la plus belle femme que l'on puisse trouver
chez les païens et les chrétiens.
C'est pourquoi je crains que, si vous vous précipitez
                                          [sur eux,
vous ne puissiez libérer cette terre lointaine.
S'il vous plaît, restez plutôt dans mon royaume;
partageons également nos cités:
vous aurez Chartres et me laisserez Orléans,
ainsi que la couronne, car je n'en souhaite pas
                                          [davantage.
— Non, sire, répond Guillaume le vaillant,
car les barons bien nés diraient bientôt:
"Voyez Guillaume, le marquis au court nez,
comme il vient de servir son seigneur légitime:
ce dernier lui a donné la moitié de son royaume,
et il ne lui en paie pas un denier de rente.
Il lui a bien entamé son patrimoine."»

« Sire Guillelmes, dist li rois, frans guerrier,
Et vos que chaut de mauvés reprovier?
540   En ceste terre ne quier que me lessiez.

Vos avrez Chartres et me lessiez Orliens,
Et la corone, que plus ne vos en quier.

— Non ferai, sire, Guillelmes respondié;
Ge nel feroie por tot l'or desoz ciel.
545   De vostre hennor ne vos quier abessier,
Ainz l'acroistrai au fer et a l'acier;
Mes sires estes, si ne vos quier boisier.
547a Ne savés pas por coi vos voel laissier?
Ce fu au tens a feste saint Michiel:
Fui a Saint Gile, reving par Monpellier;
550   Herberja moi un cortois chevalier,
Molt me dona a boivre et a mengier,
Fain et avaine a l'auferrant corsier.

Quant ce fu chose que eüsmes mengié,
Il s'en ala es prez esbanoier
555   O sa mesnie, le gentill chevalier.
555a Tot mon chemin voloie repairier,
Quant par la resne me saisi sa moillier.
Ge descendi, ele me tint l'estrier,   [37 a]
Puis me mena aval en un celier,
Et del celier amont en un solier;
560   Ainz n'en soi mot, si me chaï as piez.
Cuidai, beau sire, qu'el queïst amistiez

547a. *Ce vers de transition est emprunté à* C 618.
549. lors fui ge chiés un ber / C 620 reving par Monpellier
550. le cortois / C 621 un
555a. *Ce vers de transition est emprunté à* C 624.

«Seigneur Guillaume, dit le roi, noble guerrier,
que vous importent d'injustes reproches?
Je ne veux pas que vous m'abandonniez dans mon
[royaume.
Vous aurez Chartres et laissez-moi Orléans,
ainsi que la couronne, car je ne vous demande pas
[davantage.
— Non, sire, répondit Guillaume;
je ne le ferais pas pour tout l'or du monde.
Je ne veux pas amoindrir votre domaine,
au contraire, je l'agrandirai par le fer et l'acier;
vous êtes mon seigneur, je ne veux pas vous nuire.
Ne savez-vous pas pourquoi je veux vous laisser?
C'était au moment de la saint Michel:
Je me rendis à Saint-Gilles, revins par Montpellier;
un courtois chevalier m'hébergea,
me donnant bien à boire et à manger,
et procurant du foin et de l'avoine à mon fougueux
[cheval.
À la fin du repas,
le noble chevalier alla se divertir
dans les prés, avec sa suite.
J'étais sur le point de reprendre ma route
quand sa femme me saisit par les rênes de mon destrier.
Je descendis de cheval pendant qu'elle me tenait l'étrier;
ensuite elle me fit descendre dans un cellier,
puis du cellier monter dans une chambre haute;
aussitôt elle se jeta à mes pieds.
Je crus, cher seigneur, qu'elle recherchait mon amitié

Ou itel chose que feme a home quiert.
Se gel seüsse, ne m'en fusse aprochiez

Qui me donast mil livres de deniers.
565 Demandai li : "Dame, feme, que quiers ?
— Merci, Guillelmes, nobile chevalier !
De ceste terre quar vos praigne pitié,
Por amor Deu qui en croiz fu drecié !"
Par la fenestre me fist metre mon chief ;
570 Toute la terre vi plaine d'aversiers,
Viles ardoir et violer moustiers,
Chapeles fondre et trebuchier clochiers,
Mameles tortre a cortoises moilliers,
Que en mon cuer m'en prist si grant pitié
575 Molt tendrement plorai des eulz del chief.

La plevi ge le glorïex del ciel,
Et a saint Gile, dont venoie proier,
Qu'en cele terre lor iroie aïdier
A tant de gent com porrai justisier. »

XXIV

580 « Sire Guillelmes, dist Looÿs li frans,
Quant ceste terre ne vos vient a talant,
Si m'aïst Dex, grainz en sui et dolant.
Franc chevalier, or venez dont avant,
Ge ferai, voir, tot le vostre talant.
585 Tenez Espaigne, prenez la par cest gant ;
Ge la vos doing par itel convenant,
Se vos en croist ne paine ne ahan,

586. vos doig / A₂ doing

90

ou ce qu'une femme demande à un homme.
Si j'en avais eu la certitude, je ne me serais pas
[approché d'elle
même si l'on m'avait donné mille livres de deniers.
Je lui demandai : "Dame, femme, que veux-tu ?
— Grâce, Guillaume, noble chevalier !
Prenez donc pitié de cette terre,
pour l'amour de Dieu qui fut crucifié !"
Elle me fit mettre la tête à la fenêtre ;
je vis tout le pays rempli de démons,
brûler les villes, violer les églises,
détruire les chapelles, renverser les clochers,
tordre les seins des femmes courtoises,
si bien qu'une grande pitié m'envahit le cœur.
Alors d'attendrissement je pleurai toutes les larmes de
[mon corps.
Là je fis le serment au glorieux roi du ciel
et à saint Gilles que je venais de prier,
de porter secours aux gens de ce pays
avec autant d'hommes que je pourrais commander. »

24

« Seigneur Guillaume, dit Louis le noble,
puisque le domaine que je vous offre ne vous plaît pas,
par Dieu, je vous l'assure, j'en suis triste et affligé.
Noble chevalier, approchez donc,
je ferai vraiment tout ce que vous désirez.
Tenez l'Espagne en fief, prenez-la par ce gant ;
je vous la donne à la condition suivante :
s'il vous en coûte peine et souffrance,

Ci ne aillors ne t'en serai garant.»
Et dit Guillelmes: «Et ge mielz ne demant,
590 Fors seulement un secors en set anz.»
Dist Looÿs: «Ge l'otroi bonement.
Or ferai, voir, tot le vostre commant.
— Granz merciz, sire», dit li cuens en riant.
Li cuens Guillelmes s'est regardez atant,
595 Si vit ester Guïelin et Bertran;
Si neveu furent, fill Bernart de Breban.
Il les apele hautement en oiant: [37 b]
«Venez avant, Guïelin et Bertran.
Mi ami estes et mi prochain parent;
600 Devant le roi vos metez en present;
De ceste hennor que ci vois demandant
Ensemble o moi que recevez le gant;
O moi avroiz les biens et les ahans.»
Guïelins l'ot, si sorrist faintement,
605 Et dit en bas, que ne l'entent neant:
«Ge ferai ja mon oncle molt dolant.
— Non feroiz, sire, ce dit li cuens Bertran,
Que molt est fier Guillelmes le vaillant.
— Et moi que chaut? dist Guïelin l'enfant,
610 Que trop sui juenes, ge n'en ai que vint anz;
Encor ne puis paine soffrir si grant.»

Ot le Bernart, son pere de Brebant,
A par un pou que il ne pert le sens.
Hauce la paume, si li a doné grant:
615 «Hé! fox lechierres, or m'as tu fet dolant!
Devant le roi te metrai en present.
Par cel apostre que quierent peneant,
S'avec Guillelme ne recevez le gant,
De ceste espee avras tu une grant;

---

593. dit li cuens, ore entent / B dit li cuens en riant
604. Ot le Bertran / B et C 678 Guïelins l'ot. Cf. v. 607 et 609.

ni ici ni ailleurs je ne vous protégerai.»
Guillaume répond: «Je ne demande rien de plus
qu'un seul secours en sept ans.»
Louis déclare: «Je l'accorde volontiers.
Je vais vraiment faire tout ce que vous voulez.
— Merci beaucoup, sire», dit le comte en riant.
Alors le comte Guillaume a regardé autour de lui,
il a vu debout Guiélin et Bertrand;
c'étaient ses neveux, les fils de Bernard de Brébant.
Il les appelle à voix haute devant tous:
«Avancez-vous, Guiélin et Bertrand.
Vous êtes mes amis et mes proches parents;
présentez-vous devant le roi;
pour ce fief que je sollicite ici,
recevez le gant avec moi;
avec moi vous aurez les plaisirs et les peines.»
À ces mots, Guiélin sourit à la dérobée
et dit à voix basse de façon à ne pas être entendu:
«Je vais contrarier fort mon oncle.
— Ne faites pas cela, seigneur, dit le comte Bertrand,
car Guillaume le vaillant est très farouche.
— Et que m'importe?, réplique Guiélin, l'adolescent,
je suis très jeune, je n'ai que vingt ans;
je ne suis pas encore capable d'endurer un tel
                                                [tourment.»
Bernard de Brébant, son père, l'entend,
il manque perdre la raison.
Il lève la main et le frappe violemment:
«Ah! stupide vaurien! Tu viens de me fâcher!
Je vais te mettre en présence du roi.
Par cet apôtre qu'implorent les pénitents,
si tu ne reçois pas le gant avec Guillaume,
tu auras un bon coup de cette épée;

Il n'avra mire de cest jor en avant
Qui vos saint mes en tot vostre vivant.
Querez hennor, dont vos n'avez neant,
Si com ge fis tant com fui de jovent,
Que, par l'apostre que quierent peneant,
625 *Ja de la moie n'avroiz mes plain un gant,*
Ainz la dorrai trestot a mon talant. »
Avant passerent Guïelin et Bertran.
Sor une table monterent en estant ;
A lor voiz clere s'escrïent hautement :
630 *« Batuz nos a dan Bernarz de Brebant ;*
Mes par l'apostre que quierent peneant,
Ce comparront Sarrazin et Persant.
Bien pueent dire entré sont en mal an ;

Il en morront a milliers et a cenz. »

XXV

635 *Seur une table est Guillelmes montez ;*
A sa voiz clere commença a crier :
« Entendez moi, de France le barné.   [37 c]
Se Dex m'aïst, de ce me puis vanter,
Plus ai de terre que trente de mes pers,
640 *Encor n'en ai un jornel aquité.*
Ice di ge as povres bachelers
As roncins clops et as dras descirez,
Quant ont servi por neant conquester,
S'o moi se vueulent de bataille esprover,
645 *Ge lor dorrai deniers et heritez,*

642. As menus cops / A₃ As roncins clops. Cf. D 647 Aus roncins clos

dorénavant aucun médecin
ne saura te soigner de toute ta vie.
Conquiers un fief puisque tu n'en possèdes pas,
comme je l'ai fait moi-même durant ma jeunesse,
car, par l'apôtre qu'implorent les pénitents,
tu n'auras jamais la moindre parcelle de ma terre,
mais je la donnerai entièrement à ma guise.»
Guiélin et Bertrand s'avancèrent
et montèrent debout sur une table;
d'une voix claire et forte ils s'écrient:
«Messire Bernard de Brébant nous a battus;
mais par l'apôtre qu'implorent les pénitents,
les Sarrasins et les Persans le paieront cher.
Ils peuvent bien dire qu'ils ont commencé une
                                    [mauvaise année;
ils mourront par centaines et par milliers.»

25

Guillaume est monté sur une table;
De sa voix claire il s'est mis à crier:
«Écoutez-moi, barons de France.
Par Dieu je vous assure, je peux me vanter
d'avoir plus de terre que trente de mes pairs,
mais je n'en ai pas encore libéré un journal.
Je le dis aux jeunes gens pauvres
qui ont des roussins éclopés et des vêtements déchirés,
puisqu'ils ont servi sans rien gagner,
s'ils veulent avec moi faire leurs preuves à la bataille,
je leur donnerai des deniers, des domaines,

Chasteaus et marches, donjons et fermetez,
Se le païs m'aident a conquester
Et la loi Deu essaucier et monter.
Ce vueill ge dire as povres bachelers,
650 As escuiers qui ont dras depanez,
S'o moi s'en vienent Espaigne conquester
Et le païs m'aident a aquiter
Et la loi Deu essaucier et monter,
Tant lor dorrai deniers et argent cler,

655 Chasteaus et marches, donjons et fermetez,
Destriers d'Espaigne, si seront adoubé. »

XXVI

Quant cil l'oïrent, si sont joiant et lié ;

A haute voiz commencent a huichier :
« Sire Guillelmes, por Deu, ne vos targiez.

660 Qui n'a cheval o vos ira a pié ! »
Qui dont veïst les povres escuiers,
Ensemble o els les povres chevaliers !
Vont a Guillelme, le marchis au vis fier.

En petit d'eure en ot trente milliers,
665 A lor pooirs d'armes apareillié,
Qui tuit en ont juré et afichié
Ne li faudront por les membres tranchier.

656. Entre les vers 656 et 657 aucune lettre ornée ne signale le
changement de laisse.

des châteaux, des terres, des donjons, des forteresses,
s'ils m'aident à conquérir le pays,
à exalter et à élever la religion chrétienne.
Je veux le dire aux jeunes gens pauvres,
aux écuyers qui ont des vêtements en lambeaux,
s'ils viennent avec moi conquérir l'Espagne
et m'aident à libérer le pays,
à exalter et à élever la religion chrétienne,
je leur donnerai en abondance des deniers, de l'argent
                                        [brillant,
des châteaux, des terres, des donjons, des forteresses,
des destriers d'Espagne et ils seront adoubés. »

26

À ces mots, les jeunes gens pauvres sont joyeux et
                                        [contents ;
ils se mettent à crier à tue-tête :
« Seigneur Guillaume, au nom de Dieu, ne vous
                                        [attardez pas.
Qui n'a pas de cheval vous suivra à pied ! »
Ah ! si vous aviez vu alors les écuyers pauvres
et en leur compagnie les chevaliers pauvres !
Ils se rendent auprès de Guillaume, le marquis au visage
                                        [farouche.
En peu de temps ils sont trente mille,
équipés d'armes selon leurs moyens ;
tous ont promis et juré
de ne pas lui faire défaut même si on devait leur
                                        [trancher les membres.

Voit le li cuens, s'en est joianz et liez;
De Deu de gloire les en a mercïez.
670 Li cuens Guillelmes fist forment a proisier.
A Looÿs va prendre le congié;
Li rois li done de grez et volantiers:
«Alez, beau sire, au glorïeus del ciel!
Jhesus de gloire vos doint bien esploitier,
675 Et si vos doint sain et sauf repairier!»
Vet s'en Guillelmes, le marchis au vis fier,
Ensemble o lui maint gentil chevalier.   [37 d]
Par mi la sale ez vos Aymon le viell;
Dex le confonde, le glorïeus del ciel!
680 Ou voit le roi, sel prist a aresnier:
«Droiz empereres, com estes enginiez!
— Comment, beau sire? Looÿs respondié.
— Sire, dist il, ce vos dirai ge bien:
Des or s'en vet Guillelmes le guerrier,
685 En sa compaigne maint gentil chevalier.
La flor de France vos a fet si vuidier,
S'il vos saut guerre, ne vos porroiz aidier.

Et si croi bien qu'il revendra a pié;
Tuit li autre erent mené a mendïer.
690 — Ne dites preu, Looÿs respondié.
Molt est preudon Guillelmes le guerrier:
En nule terre n'a meillor chevalier;
Bien m'a servi au fer et a l'acier.
Jhesus de gloire l'en doint bien reperier
695 Et si li doint tote Espaigne aquitier!»
Iluec avoit un gentil chevalier
Qu'en apeloit le Tolosant Gautier.
Quant il oï Guillelme ledengier,
Molt fu dolant, n'i ot que corrocier.
700 Isnelement avale le planchier,

668. li omis / rétabli d'après A₂
690. Ne dit preu / A₂ dites

98

En les voyant, Guillaume est joyeux et content ;
il les a remerciés au nom du Dieu de gloire.
Le comte Guillaume mérita bien tous les éloges.
Il va prendre congé de Louis ;
le roi le lui donne de très bon gré :
« Allez, cher seigneur, à la garde du glorieux roi du ciel !
Que Jésus de gloire vous accorde un plein succès
et qu'il vous permette de revenir sain et sauf ! »
Guillaume s'en va, le marquis au visage farouche,
accompagné de maints nobles chevaliers.
Au milieu de la salle voici que surgit le vieil Aymon ;
que Dieu, le glorieux du ciel, l'anéantisse !
Sans plus attendre, il s'adressa au roi :
« Légitime empereur, comme vous êtes trompé !
— Comment, cher seigneur ? » demanda Louis.
— Sire, répondit l'autre, je vais vous l'expliquer :
maintenant Guillaume le guerrier s'en va,
maints nobles chevaliers l'accompagnent.
Il vous a ainsi privé de la fine fleur de la France,
si une guerre éclate contre vous, vous ne pourrez vous
                                                [défendre.
De plus je crois bien qu'il reviendra à pied ;
tous les autres seront réduits à mendier.
— Vous ne parlez pas avec sagesse, répondit Louis.
Guillaume le guerrier est un homme de grande valeur :
il n'existe nulle part un meilleur chevalier.
Il m'a bien servi par le fer et l'acier.
Que Jésus de gloire lui accorde un retour favorable
ainsi que la libération de toute l'Espagne ! »
Se trouvait là un noble chevalier,
appelé Gautier le Tolosant.
Lorsqu'il entendit insulter Guillaume,
il en fut très affligé et rempli de colère.
Il descend rapidement l'escalier de la salle,

Vint a Guillelme, sel sesi par l'estrier
Et par la resne de son corant destrier :
« Sire, dist il, molt es buen chevalier,
Mes el palés ne vaus tu un denier.
705 — Qui dit ce donques ? dit Guillelmes le fier.
— Sire, dit il, ge nel vos doi noier :

Foi que doi vos, ç'a fet Aymes le viell ;
Envers le roi vos pense d'empirier. »
Et dit Guillelmes : « Il le comparra chier.
710 Se Dex me done que puisse reperier,
Ge li ferai toz les membres tranchier
Ou pendre as forches ou en eve noier. »
Et dit Gautier : « N'ai soing de menacier ;
Tiex hom menace qui ne vaut un denier ;
715 Mes d'une chose vos vorroie proier :
Lonc le servise li rendez son loier.
Ici devez la guerre commencier ;   [A2 43 a]
Cist a premiers vostre erre chalengié. »
Et dit Guillelmes : « Voir dites, par mon chief. »
720 Li bers descent et il li tint l'estrier ;

Tot main a main en montent le planchié.
Voit le li rois, encontre s'est dreciez,
Endeus ses braz li a au col ploié,
Trois foiz le bese par molt grant amistié.
725 Molt belement le prist a aresnier :
« Sire Guillelmes, vos plest il nule rien
D'or ne d'argent que puissë esligier ?
A vo plesir en avroiz sanz dangier.
— Granz merciz, sire, Guillelmes respondié ;
730 Ge ai assez quanque il m'est mestier ;
Mes d'une chose vos vodroie proier,

717. À la suite de la perte d'un feuillet, les vers 717 à 877 manquent dans A₁ ; pour ces 161 vers, nous suivons A₂.

100

rejoint Guillaume, le saisit par l'étrier
et par les rênes de son vif destrier:
«Seigneur, dit-il, tu es un excellent chevalier,
mais au palais tu ne vaux pas un denier.
— Qui donc dit cela?, interroge Guillaume le farouche.
— Seigneur, répond Gautier, je ne dois pas vous le
[cacher:
par la foi que je vous dois, c'est le vieil Aymon;
il s'attache à vous dénigrer auprès du roi.»
Guillaume dit: «Il le paiera cher.
Si Dieu m'accorde de pouvoir revenir,
je lui ferai trancher tous les membres,
ou je le ferai pendre au gibet ou noyer au fond de l'eau.»
Gautier ajoute: «Je ne me soucie pas de vos menaces;
tel homme menace qui ne vaut pas un denier;
mais je voudrais vous prier de faire ceci:
payez-lui le salaire que mérite son service.
C'est ici que vous devez commencer la guerre;
Aymon est le premier à avoir contesté votre expédition.»
Guillaume répond: «Vous dites vrai, sur ma tête.»
Le vaillant chevalier descend de cheval et Gautier lui
[tient l'étrier;
main dans la main, ils gravissent l'escalier.
Les apercevant, le roi se lève à leur rencontre.
Mettant ses deux bras autour du cou de Guillaume,
il lui donne trois baisers très affectueusement.
Il lui adresse la parole avec grande amabilité:
«Seigneur Guillaume, désirez-vous quelque chose
que je puisse acquérir à prix d'or ou d'argent?
Vous l'aurez sans difficulté, à votre gré.
— Merci beaucoup, sire, répond Guillaume;
j'ai en abondance tout ce dont j'ai besoin;
mais je voudrais vous prier

Que ja gloton n'aiez a conseillier.»
Lors se regarde dan Guillelmes arrier;
En mi la sale choisi Aymon le vieill.
735 Quant il le vit, sel prist a ledengier:
«Hé! gloz, lechierres, Diex confonde ton chief!
Por quoi te paines de franc home jugier

Quant en ma vie ne te forfis ge rien?
Et si te peines de moi molt empirier?
740 Par saint Denis a qui l'en vet proier,
Ainz que t'en partes le te cuit vendre chier.»

Il passe avant quant il fu rebracié,   [A2 43 b]
Le poing senestre li a mellé el chief,
Hauce le destre, enz el col li asiet,
745 L'os de la gueule li a par mi froissié;
Mort le trebuche devant lui a ses piez.
Li quens Guillelmes l'a sesi par le chief
Et par les jambes li Tolosans Gautier,
Par les fenestres le gietent el vergier
750 Sor un pomier que par mi l'ont froissié.
«Outre, font il, lechierre, pautonier;
Ja de losange n'avroiz mes un denier!

— Looÿs sire, dit Guillelmes le fier,
Ne creez ja glouton ne losengier,
755 Que vostre pere n'en ot onques un chier.
Ge m'en irai en Espaigne estraier;
Vostre iert la terre, sire, se la conquier.
— Alez, beau sire, a Damedieu del ciel.

Jhesus de gloire vos doint bien esploitier,
760 Que vos revoie sain et sauf et entier!»

734. En mi la sale choise / A₃, A₄ et B choisi
738. te omis / rétabli d'après A₃, A₄ et B

de ne jamais prendre une canaille pour conseiller. »
Alors le noble Guillaume regarda derrière lui ;
au milieu de la salle, il aperçut le vieil Aymon.
Sans plus attendre, il se mit à l'insulter :
« Ah ! canaille, vaurien, que Dieu t'anéantisse !
Pourquoi te mets-tu en peine de critiquer un homme
                                                  [loyal
alors que de ma vie je ne t'ai fait aucun tort ?
Pourquoi te mets-tu en peine de tant me dénigrer ?
Par saint Denis que l'on va prier,
avant que tu ne partes d'ici, je pense te le faire payer
                                                  [cher. »
Après avoir retroussé ses manches, il s'avance,
du poing gauche, il saisit Aymon par les cheveux,
il lève le droit et le lui assène sur le cou,
il lui brise la nuque par le milieu
et l'étend mort, devant lui, à ses pieds.
Le comte Guillaume le saisit par la tête
et Gautier le Tolosant par les jambes,
ils le jettent par la fenêtre dans le verger,
sur un pommier, de sorte qu'ils l'ont brisé en deux.
« Va au diable, clament-ils, vaurien, scélérat ;
tes médisances ne te rapporteront jamais plus un
                                                  [denier !
— Louis, sire, poursuit Guillaume le farouche,
ne vous fiez plus aux gredins ni aux calomniateurs,
car votre père n'estima jamais aucun d'eux.
Je vais partir en Espagne à l'aventure ;
la terre vous appartiendra, sire, si je la conquiers.
— Allez, cher seigneur, à la grâce de Dieu, le maître du
                                                  [ciel.
Que Jésus de gloire vous accorde un plein succès
et que je puisse vous revoir sain, sauf et intact ! »

Vet s'en Guillelmes, li marchis au vis fier,
En sa compaigne avoit il maint princier,
Et Guïelin et dan Bertran ses niés;
Ensemble o els mainnent trois cenz somiers.
765 Bien vos sai dire que porte li premiers:
Calices d'or et messeaus et sautiers,
Chapes de paile et croiz et encensiers;
Quant il venront enz el regne essillié,
Serviront tuit Damedieu tot premier.

XXVII

770 Bien vos sai dire que reporte li autres:
Vesseaus d'or fin, messeus et brevïaire,
Et crucefis et molt riches toailles;
Quant il venront enz el regne sauvage,
S'en serviront Jhesu l'esperitable.

XXVIII

775 Bien vos sai dire que reporte li tierz:
Poz et paielles, chauderons et trepiez,
Et croz aguz, tenailles et andiers;
Quant il venront el regné essillié,

Que bien en puissent atorner a mengier,
780 Si serviront Guillelme le guerrier,
Et en aprés trestoz ses chevaliers.

768. essillié *omis* / rétabli d'après A₃, A₄ et B. Cf. v. 778.
770. reportent / reporte. Cf. v. 765 et 775.

Guillaume s'en va, le marquis au visage farouche,
accompagné de nombreux princes
et de ses neveux Guiélin et le noble Bertrand.
Ils mènent avec eux trois cents chevaux de charge.
Je peux bien vous dire ce que portent les premiers :
calices d'or, missels, psautiers,
chapes de soie, croix et encensoirs ;
quand les Français arriveront dans le royaume dévasté,
tous serviront le Seigneur Dieu en premier.

27

Je peux bien vous dire ce que portent les suivants :
des vases d'or pur, des missels, des bréviaires,
des crucifix et de très riches nappes d'autel ;
quand les Français arriveront dans le royaume sauvage,
ils serviront Jésus, le pur esprit.

28

Je peux bien vous dire ce que portent les derniers :
des pots, des poêles, des chaudrons, des trépieds,
des crocs aigus, des tenailles, des landiers ;
ainsi, quand les Français arriveront dans le royaume
                                    [dévasté,
ils pourront bien préparer à manger,
et serviront Guillaume le guerrier,
puis tous ses chevaliers.

Vet s'en Guillelmes o sa compaigne bele ;   [A2 43 c]
A Deu commande Francë et la Chapele,
Paris et Chartres, et tote l'autre terre.
785   Passent Borgoigne et Berri et Auvergne ;
Au gué des porz sont venu a un vespre,
Tendent i tres, paveillons et herberges.

XXX

En cez cuisines ont cez feus alumez ;
Cil queus se hastent del mengier conraer.
790   Li quens Guillelmes estoit dedenz son tref ;
Parfondement commence a soupirer,
Del cuer del ventre commença a penser.
Voit le Bertran, sel prent a esgarder :
« Oncle, dist il, qu'avez a dementer ?
795   Estes vos dame qui pleurt ses vevetez ?
— Nenil, voir, niés, einçois pense por el,

Que diront ore cil baron chevalier :
"Vez de Guillelme, le marchis au vis fier,
Comme il a ore son droit segnor mené :
800   Demi son regne li volt par mi doner ;
Il fu tant fox qu'il ne l'en sot nul gré,
Ainz prist Espaigne ou n'ot droit herité."

Ne verrai mes quatre gent assembler

789. Cil qui / B et C 815 queus
794. qu'avez a demander / A₃, A₄ et B dementer

Guillaume s'en va avec sa puissante compagnie ;
il recommande à Dieu la France et Aix-la-Chapelle,
Paris, Chartres et tout le reste du pays.
Ils traversent la Bourgogne, le Berry et l'Auvergne ;
ils arrivent un soir au passage des cols,
ils y dressent les tentes, les pavillons et le campement.

Les feux allumés dans les cuisines,
les cuisiniers se hâtent de préparer le repas.
Le comte Guillaume est dans sa tente ;
il se met à pousser de profonds soupirs,
et à méditer en son for intérieur.
Bertrand le regarde alors avec attention.
«Mon oncle, dit-il, qu'avez-vous à vous lamenter ?
Êtes-vous une dame pleurant son veuvage ?
— Non, assurément, mon neveu, mais je pense à autre
                                                    [chose,
à ce que vont dire désormais les vaillants chevaliers :
"Voyez Guillaume, le marquis au visage farouche,
comme il vient de traiter son seigneur légitime :
ce dernier voulait lui donner la moitié de son royaume
et l'autre fut si insensé qu'il ne lui en sut aucun gré,
il préféra prendre l'Espagne où il ne possédait
                                        [légitimement rien."
Je ne verrai plus quatre personnes s'assembler

Que je ne cuide de moi doient parler.
805 — Oncle Guillelmes, por ce lessiez ester.
De ceste chose ne vos chaut d'aïrer :
De l'aventure vet tot en Damedé ;
Demandez l'eve, s'aseons au souper.
— Niés, dit li quens, bien fet a creanter. »
810 A trompeors ont l'eve fet corner ;
Communement s'asieent au souper ;
Assez i orent venoison de sengler,
Grues et gentes et poons emprevez.

Et quant il furent richement conraé,
815 Li escuier vont les napes oster.
Cil chevalier repairent as hostiex
Trusqu'au demain que il fu ajorné
Que il monterent es destriers abrivez.
Vont a Guillelme le marchis demander :
820 « Sire, font il, que avez en pensé ?
Dites quel part vos vorroiz ore aler.
— Franc chevalier, tuit estes effraé.   [A2 43 d]
N'a encor gaires que tornasmes d'ostel ;
Tot droit a Bride le cor saint hennoré,

825 Nos iron la et a La Mere Dé :
De noz avoirs i devons presenter,
Si proiera por la crestïenté. »
Et il responnent : « Si com vos commandez. »
Lors chevauchierent et rengié et serré,
830 Si ont les tertres et les monz trespassé.

XXXI

Par le conseil que lor done Guillelmes
Ont trespassé et Berri et Auvergne.

108

sans m'imaginer qu'elles parlent sans doute de moi.
— Oncle Guillaume, laissez cela.
Ne vous mettez pas en colère pour un tel motif:
notre avenir dépend entièrement du Seigneur Dieu;
demandez l'eau et mettons-nous à table.
— Mon neveu, dit le comte, j'y consens volontiers.»
Ils ont fait sonner des cors pour qu'on apporte l'eau;
ils s'assoient ensemble pour souper;
ils ne manquent pas de venaison de sanglier,
de grues, d'oies sauvages et de paons assaisonnés au
[poivre.
Quand ils sont bien rassasiés,
les écuyers viennent enlever les nappes.
Les chevaliers regagnent leurs logis
et y demeurent jusqu'au lendemain, au lever du jour,
où ils montèrent sur de fougueux destriers.
Ils vont interroger Guillaume le marquis:
«Seigneur, disent-ils, qu'avez-vous décidé?
Dites-nous de quel côté vous voulez vous diriger.
— Nobles chevaliers, vous êtes tous inquiets.
Il n'y a pas si longtemps que nous sommes partis;
nous irons tout droit à Brioude, au tombeau du saint
[qui y est honoré,
et à Notre-Dame-du-Puy:
Nous lui ferons offrande de nos biens
et elle priera pour la chrétienté.»
Ils répondent: «À vos ordres.»
Alors ils chevauchèrent en rangs serrés
et franchirent les collines et les montagnes.

31

Sur le conseil que leur donne Guillaume,
ils ont traversé le Berry et l'Auvergne.

Clermont lesserent et Monferent a destre.
La cit lessierent et les riches herberges;
835 *Ceus de la vile ne vorrent il mal fere.*

XXXII

La nuit i jurent, au matin s'en tornerent,

Cueillent les tres, les paveillons doublerent,
Et les aucubes sor les somiers trosserent.

Par mi forez et par bois chevauchierent,
840 *Par Ricordane outre s'en trespasserent,*
Desi au Pui onques ne s'aresterent.

XXXIII

Li quens Guillelmes vet au mostier orer;
Trois mars d'argent a mis desus l'autel,
Et quatre pailes et trois tapiz roez.
845 *Grant est l'offrende que li prince ont doné,*
Puis ne devant n'i ot onques sa per.
Del mostier ist Guillelmes au cort nes;
Ou voit ses homes, ses a aresonez:
«Baron, dist il, envers moi entendez.
850 *Vez ci les marches de la gent criminel;*

---

833. et monterent a destre / B et C 868 Monferent
837. deublerent / C. *Régnier* doublerent
848. ses a resonez / A₃ et A₄ ses a aresonez

Ils ont laissé Clermont et Montferrand sur la droite.
Ils s'écartent de la cité et de ses riches demeures,
ne voulant pas faire de mal aux habitants.

32

La nuit ils ont couché dans la région et sont repartis
                              [au matin,
ils ont ramassé les tentes, plié les pavillons
et chargé le matériel de campement sur les bêtes de
                              [somme.
Ils chevauchèrent à travers bois et forêts,
passèrent par la voie Regordane,
ils ne firent aucune halte jusqu'au Puy.

33

Le comte Guillaume va prier à l'église ;
il a mis trois marcs d'argent sur l'autel,
quatre étoffes de soie et trois tapis ornés de rosaces.
L'offrande accordée par les princes est somptueuse,
ni avant ce jour ni après il n'y en eut de semblable.
Guillaume au court nez sort de l'église ;
sans plus attendre, il s'adresse à ses hommes :
«Vaillants chevaliers, dit-il, écoutez-moi bien.
Voici les terres frontalières de la race criminelle ;

111

D'or en avant ne savroiz tant aler
Que truissiez home qui de mere soit nez
Que tuit ne soient Sarrazin et Escler.
Prenez les armes, sus les destriers montez,
855 Alez en fuerre, franc chevalier membrez.
Se Dex vos fet mes bien, si le prenez;

Toz li païs vos soit abandonez!»
Et cil responent: «Si com vos commandez.»
Vestent hauberz, lacent hiaumes gemez,

860 Ceingnent espees a ponz d'or noielez,
Montent es seles des destriers abrivez;
A lor cos pendent lor forz escus bouclez,   [A2 44 a]
Et en lor poinz les espiez noielez.
De la vile issent et rengié et serré,
865 Devant els font l'orifamble porter,
Tot droit vers Nymes se sont acheminé.
Iluec vit l'en tant heaume estanceler!
En l'avangarde fu Bertran l'alosé,
Gautier de Termes et l'Escot Gilemer,
870 Et Guïelin, li preuz et li senez.
L'arriere garde fist Guillelmes le ber
A tot dis mille de François bien armez
Qui de bataille estoient aprestez.
Il n'orent mie quatre liues alé
875 Qu'an mi la voie ont un vilain trové;
Vient de Saint Gile ou il ot conversé,
A quatre bués que il ot conquesté
Et trois enfanz que il ot engendré.   [A1 38 a]
De ce s'apense li vilains que senez
880 Que sel est chier el regne dont fu nez;
Desor son char a un tonel levé,
Si l'ot empli et tot rasé de sel.

862. A lor cops / A3, A4 et B cos

désormais vous ne pourrez aller plus avant
sans rencontrer d'homme en vie
qui ne soit Sarrasin ou Slave.
Prenez vos armes, montez sur vos destriers,
allez fourrager, nobles chevaliers renommés.
Si jamais Dieu vous accorde quelque avantage,
[prenez-le ;
que tout le pays vous soit abandonné ! »
Et les hommes de répondre : « À vos ordres. »
Ils revêtent leurs hauberts, lacent leurs heaumes
[gemmés,
ceignent leurs épées au pommeau d'or niellé.
Ils montent en selle sur leurs fougueux destriers ;
à leurs cous ils pendent leurs solides boucliers
et ils empoignent leurs lances niellées.
Ils sortent de la ville en rangs serrés,
ils font porter devant eux l'oriflamme,
et se dirigent tout droit vers Nîmes.
Que de heaumes on vit alors étinceler !
À l'avant-garde se tenaient le célèbre Bertrand,
Gautier de Termes, Gilemer l'Écossais,
et Guiélin, le preux et le sage.
Guillaume le vaillant menait l'arrière-garde,
composée de dix mille Français bien armés
et prêts à se battre.
Ils n'avaient pas fait quatre lieues
qu'ils rencontrèrent en chemin un paysan
venant de Saint-Gilles où il avait séjourné,
avec quatre bœufs qu'il avait achetés
et trois enfants qu'il avait engendrés.
Le paysan a sagement réfléchi
que le sel est cher dans son pays natal ;
aussi a-t-il chargé sur son chariot un tonneau
qu'il a rempli à ras bord de sel.

Les trois enfanz que il ot engendrez
Jeuent et rïent et tienent pain assez;
885 A la billete jeuent desus le sel.
François s'en rïent; que feroient il el?

Li cuens Bertran l'en a aresoné:
«Di nos, vilain, par ta loi, don es né?»
Et cil respont: «Ja orroiz verité.
890 Par Mahom, sire, de Laval desus Cler.
Vieng de Saint Gile ou je ai conquesté.
Or m'en revois por reclorre mes blez:

Se Mahomez les me voloit sauver,
Bien m'en garroie, tant en ai ge semé.»
895 Dïent François: «Or as que bris parlé!

Quant tu ce croiz que Mahomez soit Dé,
Que par lui aies richece ne planté,
Froit en yver ne chalor en esté,
L'en te devroit toz les membres coper!»
900 Et dit Guillelmes: «Baron, lessiez ester.

D'un autre afere vorrai a lui parler.»

XXXIV

Li cuens Guillelmes li commença a dire:
«Diva! vilain, par la loi dont tu vives,
Fus tu a Nymes, la fort cité garnie?
905 — Oïl voir, sire, le paaige me quistrent;

Ge sui trop povres, si nel poi baillier mie;

906. fui trop / A₂ sui

114

Les trois enfants qu'il avait engendrés
s'amusent et rient, en tenant un gros morceau de pain;
ils jouent aux billes sur le sel.
Les Français se réjouissent; que pourraient-ils faire
[d'autre?
Le comte Bertrand s'adresse au charretier:
«Dis-nous, paysan, au nom de ta religion, où es-tu né?»
Et l'autre répond: «Vous allez apprendre la vérité.
Par Mahomet, seigneur, je suis de Laval-sur-Cler.
Je viens de Saint-Gilles où j'ai fait des achats.
Maintenant je retourne chez moi pour engranger mon
[blé:
si Mahomet voulait me le préserver
j'en serais très satisfait, tellement j'en ai semé.»
Les Français répliquent: «Tu viens de parler comme
[un sot!
Puisque tu crois que Mahomet est Dieu,
que grâce à lui tu peux avoir richesse et abondance,
froid en hiver et chaleur en été,
on devrait te couper tous les membres!»
Guillaume s'interpose: «Vaillants chevaliers, laissez
[cela.
Je veux lui parler d'une autre affaire.»

34

Le comte Guillaume se mit à lui parler en ces termes:
«Allons, paysan, par la religion que tu pratiques,
es-tu allé à Nîmes, la puissante cité fortifiée?
— Oui, vraiment, seigneur, on m'a même réclamé le
[péage;
comme je suis très pauvre, je n'ai pas pu m'en acquitter;

Il me lesserent por mes enfanz qu'il virent.
— Di moi, vilain, des estres de la vile.»
Et cil respont: «Ce vos sai ge bien dire.
910 Por un denier dos granz pains i preïsmes;
La deneree vaut dos en autre vile;
Molt par est bone se puis n'est empirie.

— Fox, dit Guillelmes, ce ne demant je mie,

Mes des paiens chevaliers de la vile,
915 Del roi Otrant et de sa compaignie.»
Dit li vilains: «De ce ne sai ge mie,
Ne ja par moi n'en iert mençonge dite.»
La fu Garniers, un chevalier nobile;   [38 b]
Vavassor fu et molt sot de boidie,
920 D'engignement sot tote la mestrie.
Il regarda les quatre bués qui virent:
«Sire, fet il, se Dex me beneïe,
Qui avroit ore mil tonnes de tel guise
Comme cele est qui el char est assise
925 Et les eüst de chevaliers emplies,
Ses conduisist tot le chemin de Nymes,
Sifetement porroit prendre la vile.»
Et dit Guillelmes: «Par mon chief, voir en dites.
Ge le ferai sel loe mes empires.»

910. i veïsmes / A₂ preïsmes
912. empiriee / A₃, A₄ et B empirie
915. Orcant / A₂ Otrant
923. tonneaus / C 930 et D 957 tonnes. Cf. v. 924, 925 *(genre féminin)* et 958, 960.

on m'a laissé passer en voyant mes enfants.
— Parle-moi, paysan, de l'état de la ville.»
Et l'autre répond: «Je peux bien vous en parler.
Nous y avons pris deux gros pains pour un denier;
les denrées valent le double dans une autre ville;
la vie est très bon marché si la situation n'a pas empiré
[depuis.
— Idiot, s'exclame Guillaume, je ne te demande pas
[cela,
mais je t'interroge sur les chevaliers païens de la cité,
sur le roi Otrant et ses compagnons.»
Le paysan répond: «Je ne sais rien là-dessus,
et je me garderai bien de mentir à ce sujet.»
Garnier, un noble chevalier, se trouvait là;
c'était un vavasseur, fort expert en ruse
et passé maître en tromperie.
Il regarde les quatre bœufs qui s'éloignent:
«Seigneur, dit-il, Dieu me bénisse!
L'homme qui disposerait de mille tonneaux semblables
à celui qui est posé sur ce chariot,
et, après les avoir remplis de chevaliers,
les conduirait sur le chemin de Nîmes,
pourrait de cette façon prendre la ville.»
Guillaume déclare: «Sur ma tête, vous dites vrai.
Je le ferai si mes chevaliers l'approuvent.»

930 *Par le conseil que celui a doné*
    Font le vilain devant els arester,
    Si li aportent a mengier a planté
    Et pain et vin et pyment et claré.

    Et cil menjue, qui molt l'ot desirré.
935 *Et quant il fu richement conraé,*
    Li cuens Guillelmes a ses barons mandé
    Et il i vienent sanz plus de demorer.
    Ou qu'il les voit, ses a aresonez:
    «Baron, dist il, envers moi entendez.
940 *Qui avroit ore mil tonneaus ancrenez*
    Comme cil est que en cel char veez
    Et fussent plain de chevaliers armez,
    Ses conduisist tot le chemin ferré
    Tot droit a Nymes, cele bone cité,
945 *Sifaitement porroit dedenz entrer.*
    Ja n'i avroit ne lancié ne rüé.»
    Et cil responent: «Vos dites verité.
    Sire Guillelmes, frans hom, quar en pensez.

    En ceste terre a il charroi assez,
950 *Chars et charretes i a a grant planté.*
    Fetes vos genz arriere retorner
    Par Ricordane, ou nos somes passé,
    Si faites prendre les bués par poesté.»
    Et dit Guillelmes: «Si en ert bien pensé.»

934. menjuent, qui molt l'ont / *corr. d'après* B₂ et C 944 menja

Suivant le conseil de Garnier,
ils font arrêter le paysan devant eux
et lui apportent à manger copieusement,
du pain, du vin, des boissons pimentées et des liqueurs
[aromatisées.
Il mange de bon appétit.
Quand il fut bien rassasié,
le comte Guillaume a convoqué ses barons
qui le rejoignent sans retard.
Sans plus attendre, il leur a adressé la parole :
«Vaillants chevaliers, dit-il, écoutez-moi bien :
L'homme qui disposerait de mille tonneaux cerclés
comme celui que vous voyez sur ce chariot,
et, après les avoir remplis de chevaliers en armes,
les conduirait sur la route empierrée
tout droit à Nîmes, la puissante cité,
pourrait de cette façon y pénétrer
sans lui donner l'assaut.»
Les barons répondent : «Vous dites la vérité.
Seigneur Guillaume, noble guerrier, occupez-vous-en
[donc.
Les voitures ne manquent pas dans ce pays,
on y trouve en grand nombre chariots et charrettes.
Faites retourner vos troupes
par la voie Regordane où nous sommes passés,
et faites prendre les bœufs de vive force.»
Et Guillaume de conclure : «On s'en occupera bien.»

XXXVI

955 Par le conseill que li baron li donent
Li cuens Guillelmes fist retorner ses homes
Par Ricordane quatorze liues longues.
Prennent les chars et les bués et les tones.   [38 c]
Li bon vilain qui les font et conjoignent
960 Ferment les tonnes et les charrues doublent.
Bertran ne chaut se li vilain en grocent:
Tiex en parla qui puis en ot grant honte,
Perdi les eulz et pendi par la goule.

XXXVII

Qui dont veïst les durs vilains errer
965 Et doleoires et coigniees porter,
Tonneaus loier et toz renoveler,
Chars et charretes chevillier et barrer,
Dedenz les tonnes les chevaliers entrer,
De grant barnage li peüst remenbrer.
970 A chascun font un grant mail aporter,
Quant il venront a Nymes la cité
Et il orront le mestre cor soner,
Nostre François se puissent aïdier.

955. baron lor done / li donent

Selon le conseil donné par ses barons,
le comte Guillaume fit retourner ses hommes
par la voie Regordane, à quatorze lieues en arrière.
Ils prennent les charrettes, les bœufs et les tonneaux.
Les braves paysans qui les fabriquent et les assemblent
fixent les tonneaux et doublent les attelages.
Peu importe à Bertrand si les paysans grognent :
tel qui protesta en fut ensuite tout honteux,
il perdit la vue et fut pendu par la gorge.

Ah ! si vous aviez vu alors les rudes paysans se démener,
porter les doloires et les cognées,
lier les tonneaux et les remettre entièrement à neuf,
garnir de chevilles et de barres chariots et charrettes,
si vous aviez vu les chevaliers entrer dans les tonneaux,
vous auriez pu vous souvenir d'un grand exploit.
On munit chacun d'un grand maillet
afin qu'à leur arrivée dans la cité de Nîmes,
au moment où ils entendront sonner le cor de leur chef,
nos Français puissent se tirer d'affaire.

XXXVIII

Es autres tonnes si sont mises les lances,
975 Et en chascune font fere dos ensaignes,
Quant il venront entre la gent grifaigne
N'i entrepraignent li soldoier de France.

XXXIX

En autre tone furent li escu mis;
En chascun fonz font fere dos escris,
980 Quant il venront entre les Sarrazins
Nostre François ne soient entrepris.

XL

Li cuens se haste del charroi aprester.
Qui dont veïst les vilains del regné
Tonneaus loier, refere et enfoncer,
985 Et ces granz chars retorner et verser,
Dedenz les tonnes les chevaliers entrer,
De grant barnage li peüst remenbrer.
Huimés devon de dan Bertran chanter
Comfetement il se fu atorné:
990 Une cote ot d'un burel enfumé;
En ses piez mist uns merveilleus sollers:

977. entrepaignent / C. *Régnier* entrepraignent. Cf. v. 981.
979. escrins / C 986 escris

38

Dans d'autres tonneaux sont placées les lances,
et sur chacun ils font faire deux marques,
afin qu'à leur arrivée au milieu de la race cruelle,
les soldats de France ne se trouvent pas en péril.

39

Dans d'autres tonneaux sont mis les boucliers;
sur chaque fond ils ont tracé deux marques,
afin qu'à leur arrivée parmi les Sarrasins,
nos Français ne soient pas mis en difficulté.

40

Le comte se hâte d'apprêter le convoi de chariots.
Ah! si vous aviez vu alors les paysans de la région
lier les tonneaux, les réparer, les garnir de fonds,
retourner et renverser les grands chariots,
et les chevaliers entrer dans les tonneaux,
vous auriez pu vous souvenir d'un grand exploit.
Désormais nous devons narrer dans notre chanson
comment messire Bertrand s'était accoutré:
il mit une tunique de bure noircie
et se chaussa d'étonnants souliers,

Granz sont, de buef, deseure sont crevé.
« Dex, dit Bertran, beau rois de majesté,
Cist m'avront sempres trestoz les piez froé ! »
995 Ot le Guillelmes, s'en a un ris gité.
« Niés, dit li cuens, envers moi entendez.
Fetes ces bués trestot cel val aler. »
Et dit Bertran : « Por neant en parlez.   [38 d]
Ge ne sai tant ne poindre ne bouter
1000 Que je les puisse de lor pas remüer. »
Ot le Guillelmes, s'en a un ris gité.
Mes a Bertran est molt mal encontré,
Qu'il ne fu mie del mestier doctriné,
Ainz n'en sot mot, s'est en un fanc entré,

1005 Trusqu'as moieus i est le char entré ;
Voit le Bertran, a pou n'est forsené.
Qui l'i veïst dedenz le fanc entrer
Et as espaules la roe sozlever,
A grant merveille le peüst regarder ;
1010 Camoisié ot et la bouche et le nes.
Voit le Guillelmes, si le prist a gaber :
« Beau niés, dist il, envers moi entendez.
De tel mestier vos estes or mellez
Dont bien i pert que gaires ne savez ! »
1015 Ot le Bertran, a pou n'est forsenez.
En cele tonne que li cuens dut mener
Fu Gillebert de Faloise le ber,
Gautier de Termes et l'Escot Gilemer :
« Sire Bertran, de conduire pensez,

1020 Ne gardons l'eure que nos soions versez. »
Et dit Bertran : « A tot tens i vendrez ! »
De cels des chars devons ore chanter
Qui le charroi devoient bien mener :

Portent corroies et gueilles et baudrez,
1025 Portent granz borses por monnoie changer,

124

grands, en cuir de bœuf, percés sur le dessus.
«Dieu, dit Bertrand, cher roi de majesté,
ces chaussures m'auront bientôt tout brisé les pieds!»
À ces mots, Guillaume a éclaté de rire.
«Mon neveu, dit le comte, écoutez-moi.
Faites avancer ces bœufs dans la vallée.»
Et Bertrand de répondre: «Vos paroles sont vaines.
Je ne sais ni piquer ni frapper de l'aiguillon
assez bien pour pouvoir les faire bouger.»
À ces mots, Guillaume a éclaté de rire.
Mais il est arrivé une mésaventure à Bertrand
qui ignorait tout de ce métier:
avant qu'il s'en rende compte, le chariot est entré dans
                                        [une fondrière
et s'y est enfoncé jusqu'aux moyeux.
À cette vue, Bertrand est tout près de devenir fou.
Ah! si vous l'aviez vu s'embourber dans la fondrière
et soulever la roue avec ses épaules,
vous auriez pu le regarder avec admiration;
il en eut la bouche et le nez meurtris.
En le voyant, Guillaume se mit à le plaisanter:
«Cher neveu, dit-il, écoutez-moi.
Vous exercez à présent un métier
dont il est très clair que vous ne connaissez rien!»
À ces mots, Bertrand est tout près de devenir fou.
Dans ce tonneau que le comte devait mener,
se trouvaient le vaillant Gilbert de Falaise,
Gautier de Termes et Gilemer l'Écossais:
«Seigneur Bertrand, disent-ils, appliquez-vous à bien
                                        [conduire,
nous nous attendons à tout moment à être renversés.»
Et Bertrand réplique: «Cela ne tardera guère!»
À présent nous devons évoquer dans notre chanson
ceux qui devaient conduire, comme il faut, le convoi
                                        [de chariots:
ils portent des courroies, des sacoches, des ceintures,
de larges bourses pour échanger la monnaie,

Chevauchent muls et somiers toz gastez.

Ses veïssiez encontremont errer,
De male gent vos peüst remenbrer !
En cele terre ne savront mes aler,
1030 Por qu'il soit jor qu'en les puist aviser,
Por marcheant soient ja refusé.
Sor la chaucie passent Gardone au gué;
Par d'autre part herbergent en un pré.
Des or devons de Guillelme chanter,
1035 Comfaitement il se fu atornez.

XLI

Li cuens Guillelmes vesti une gonnele
De tel burel com il ot en la terre
Et en ses jambes unes granz chauces perses,   [39 a]
Sollers de buef qui la chauce li serrent;

1040 Ceint un baudré un borjois de la terre,
Pent un coutel et gaïne molt bele,
Et chevaucha une jument molt foible;
Dos viez estriers ot pendu a sa sele;
Si esperon ne furent pas novele,
1045 Trente anz avoit que il porent bien estre;
Un chapel ot de bonet en sa teste.

1046. *Entre les vers 1046 et 1047, aucune lettrine ornée ne signale le changement de laisse.*

126

ils montent des mulets et des bêtes de somme en piteux
[état.
Si vous les aviez vus faire route tout le long du chemin,
vous auriez pu vous souvenir de malheureux !
Dans ce pays ils ne pourront s'avancer,
s'il fait jour et qu'on puisse les observer,
sans être pris pour des marchands.
Ils passent le Gardon, à gué sur la chaussée ;
ils campent dans un pré sur l'autre rive.
Désormais nous devons évoquer dans notre chanson
comment Guillaume s'était accoutré.

41

Le comte Guillaume a revêtu une tunique
de bure à la mode du pays ;
il a mis sur ses jambes de grandes chausses violâtres,
et des souliers en cuir de bœuf qui lui serrent les
[chausses ;
il ceint le baudrier d'un bourgeois du pays,
y suspend un couteau et une magnifique gaine,
il monte une jument très faible ;
deux vieux étriers pendent à sa selle ;
loin d'être neufs, ses éperons
peuvent bien avoir trente ans ;
sur la tête, il porte un chapeau de feutre.

Delez Gardon, contreval le rivage,
Iluec lesserent dos mil homes a armes
De la mesnie Guillelme Fierebrace.
1050 Toz les vilains firent il en sus trere,
Par nul de ceus que novele n'en aille
Comfet avoir feront des tonneaus trere.

Plus de dos mil lor aguillons afetent,
Tranchent et fierent, s'acoillent lor voiaige.
1055 Ainz ne finerent, si vinrent a Vecene,
A Lavardi ou la pierre fu trete
Dont les toreles de Nymes furent fetes.
Cil de la vile s'en vont en lor afere;
Adont regardent, si parlent l'un a l'autre:
1060 «Ci voi venir de marcheanz grant masse.
— Voir, dit li autres, onques mes ne vi tale.»
Tant les coitierent que il vinrent au mestre,

Si li demandent: «Quel avoir fetes traire?

— Nos, syglatons et dras porpres et pailes
1065 Et escarlates et vert et brun proisable,
Tranchanz espiez et hauberz et verz heaumes,

Escuz pesanz et espees qui taillent.»
Dïent paien: «Ici a grant menaie.
Or alez donques au mestre guionnage.»

128

Près du Gardon, le long du rivage,
ils ont laissé deux mille hommes en armes
appartenant à la troupe de Guillaume Fierebrace.
Ils ont éloigné tous les paysans,
afin qu'aucun d'eux n'aille rapporter
quelle sorte de marchandises ils feront sortir des
[tonneaux.
Plus de deux mille guerriers préparent leurs aiguillons,
ils taillent, frappent et se mettent en route.
Sans aucune halte, ils sont arrivés à Vecene,
puis à Lavardi d'où fut extraite la pierre
qui servit à la construction des tourelles de Nîmes.
Les habitants de cette ville vaquent à leurs occupations ;
sur ce ils regardent et conversent :
« Voici venir des marchands en grand nombre, dit l'un.
— Vraiment, ajoute l'autre, je n'en ai jamais vu autant. »
Ils les ont serrés de près, à tel point qu'ils sont arrivés
[jusqu'à leur chef
et lui ont demandé : « Quelles marchandises transportez-
[vous ?
— Des brocarts, des vêtements de pourpre, des soieries,
de précieux tissus verts et bruns,
des lances tranchantes, des hauberts, des heaumes
[luisants,
de lourds boucliers et des épées qui taillent. »
Les païens disent : « Ce sont de grandes richesses.
Allez donc maintenant à l'octroi principal. »

1070 Tant ont François chevauchié et erré,
Vaus et montaignes et tertres trespassé,
Qu'il sont venu a Nymes la cité.
Dedenz la porte font lor charroi entrer,
L'un enprés l'autre, si come il est serré.
1075 Par mi la vile en est le cri alé:
« Marcheant riche de cel autre regné
Tel avoir mainnent, onc ne fu tel mené;
Mes en tonneaus ont fet tot enserrer. »
Li rois Otrans qui en oï parler,
1080 Il et Harpins avalent les degrez:
Freres estoient, molt se durent amer,
Seignor estoient de la bone cité.
Trusqu'au marchié ne se sont aresté;
Dos cenz paiens ont avec els mené.

[39 b]

XLIV

1085 Seignor, oiez, que Dex vos beneïe,
Li glorïeus, li fiz sainte Marie,
Ceste chançon que ge vos vorrai dire:
Ele n'est pas d'orgueill ne de folie,

Ne de mençonge estrete ne enquise,

1090 Mes de preudomes qui Espaigne conquistrent;

De par Jhesu ont sa loi essaucie.
Ceste cité, dont je vos chant, de Nymes

130

Les Français ont tant voyagé à cheval,
franchissant vallées, montagnes et collines,
qu'ils sont arrivés dans la cité de Nîmes.
Par la porte ils introduisent leurs chariots,
l'un après l'autre, en file serrée.
La nouvelle se répand à travers la ville :
« De riches marchands d'un pays étranger
apportent des marchandises comme on n'en a jamais vu,
mais ils ont tout enfermé dans des tonneaux. »
Informé, le roi Otrant
descend l'escalier avec Harpin :
ils étaient frères, s'aimaient beaucoup,
et gouvernaient la puissante cité.
Ils ont poursuivi leur chemin jusqu'au marché,
emmenant avec eux deux cents païens.

Écoutez, seigneurs, que Dieu vous bénisse,
le glorieux, le fils de sainte Marie,
cette chanson que je veux vous narrer :
elle n'a pas pour sujet une action déraisonnable ou
                                        [insensée,
elle ne se fonde ni sur des sources ni sur des
                                        [informations mensongères,
mais elle traite des vaillants chevaliers qui conquirent
                                        [l'Espagne ;
au nom de Jésus ils ont exalté sa religion.
Cette cité de Nîmes que j'évoque pour vous dans ma
                                        [chanson

Est en la voie de mon seignor saint Gile;

En la cités ot une place hantive,
1094a *Lai ou a ore lou mostier ai la Virge.*
1095 *Mes a cele heure n'en i avoit il mie,*
Ainz iert la loi de la gent paiennie,
La ou il prient Mahomet et ses ydres,
Et Tervagam qui lor fust en aïe,
Et s'i tenoient lor plet et lor concile,

1100 *S'i assembloient de par tote la vile.*

XLV

Guillelmes vient tot droit en une place;
Perron i ot, entaillié de vert marbre.
La descendi Guillelmes Fierebrace
Et prist sa borse, ses deniers en deslace;
1105 *A granz poigniee les bons deniers en saiche;*
Celui demande qui prant le guionaige,
Ne velt por riens que il nul mal lor face.
Dïent paien: «Ja mar i avroiz garde;
Il n'i a home de si riche lignage,
1110 *S'il vos disoit ne orgueil ne outraige,*
Que n'en pendist par la guele a un arbre!»

1093. en la terre / C 1104 voie
1094. A une part des estres de la vile / D 1205
1094a. *Ce vers est emprunté à* D 1206 Lai ou l'an ore lou mostier et la Virge

se situe sur la route du sanctuaire de Monseigneur
[saint Gilles;
dans la cité il y avait une place ancienne
où se trouve à présent l'église de la Vierge.
Mais à cette époque elle n'existait pas,
bien au contraire régnait la religion des païens
qui priaient en ce lieu Mahomet et ses idoles,
et Tervagan, afin qu'il les secourût;
à l'occasion des assises et des assemblées qui s'y
[tenaient,
les païens, venus de toute la ville, s'y réunissaient.

45

Guillaume se rend directement vers la place
où se trouvait un montoir taillé dans du marbre vert.
Guillaume Fierebrace y descendit de cheval,
il prit sa bourse, en délia les cordons;
à pleines poignées, il en tira de bons deniers.
Il déclare à celui qui perçoit l'octroi
qu'il ne veut pas qu'il leur fasse du mal.
Les païens répondent: «N'ayez aucune crainte;
il n'existe aucun homme, d'aussi puissant lignage soit-il,
qui, s'il vous disait insolence ou outrage,
ne soit pendu par la gorge à un arbre!»

Endementiers qu'il vont einsi parlant
Et a Guillelme le conte pledoiant,
Atant ez vos et Harpin et Otrant
1115 Ou il demandent le prisié marcheant.
Dïent paiens qui l'erent esgardant :
«Vez le vos la, cel preudome avenant,
A cel chapel, a cele barbe grant,
Qui a ces autres vet son bon commandant.»

[39 c]

1120 Li rois Otran l'en apela avant :
«Don estes vos, beaus amis marcheant?
— Sire, nos somes d'Angleterre la grant,
De Cantorbiere, une cité vaillant.
— Avez voz feme, beaus amis marcheant?
1125 — Oïl, molt gente, et dis et uit enfanz.
Tuit sont petit, n'en i a que dos granz;
L'un a nom Begues et l'autre a nom Sorant;
Veez les la, se ne m'estes creant.»
Endeus lor monstre Guïelin et Bertran :
1130 Si neveu erent, fill Bernart de Brebant.
Dïent paien qui les vont esgardant :
«A grant merveille avez or beaus enfanz,
S'il se seüssent vestir avenamment.»
Li rois Otrans l'en apela errant :
1135 «Com avez nom, beaus amis marcheant?
— Beau tres dolz sire, Tiacre voirement.»
Dit li paiens : «C'est nom de pute gent.
Tiacre frere, quel avoir vas menant?
— Syglatons, sire, cendaus et bouqueranz
1140 Et escarlate et vert et pers vaillant
Et blans heauberz et forz elmes luisanz,
Tranchanz espiez et bons escuz pesanz,

1139. bouquesanz / A₂ bouqueranz

134

Pendant qu'ils parlent et discutent ainsi
avec le comte Guillaume,
voici venir Harpin et Otrant
qui demandent le fameux marchand.
Les païens qui l'observaient répondent :
« Le voilà, cet homme de bien à la belle prestance,
avec ce chapeau et cette grande barbe,
qui donne, à sa guise, des ordres aux autres. »
Le roi Otrant l'interpella le premier :
« D'où êtes-vous, marchand, cher ami ?
— Seigneur, nous sommes de la puissante Angleterre,
de Cantorbéry, une cité de grande valeur.
— Êtes-vous marié, marchand, cher ami ?
— Oui, j'ai une femme très gracieuse et dix-huit enfants.
Tous sont petits, deux seulement sont grands ;
l'un se nomme Bègue et l'autre Sorant.
Les voilà, si vous ne me croyez pas. »
Il leur montre les deux frères, Guiélin et Bertrand :
c'étaient ses neveux, fils de Bernard de Brébant.
Tout en les observant, les païens disent :
« Vous avez des enfants extraordinairement beaux,
si seulement ils savaient s'habiller avec élégance. »
Le roi Otrant l'interpella aussitôt :
« Comment vous appelez-vous, marchand, cher ami ?
— Très cher seigneur, Tiacre, en vérité. »
Le païen reprend : « C'est un nom de sale race.
Frère Tiacre, quelles marchandises transportez-vous ?
— Des brocarts, seigneur, des taffetas, des bougrans,
de précieux tissus verts et violets,
de blancs hauberts, de solides heaumes étincelants,
des lances tranchantes, de bons et lourds boucliers,

Cleres espees au ponz d'or reluisanz. »
Et dist li rois: «Amis, mostrés nos ent. »
1145 Et dit Guillelmes: «Baron, soffrez atant;

Derriere vienent li plus chier garnement.
— Que est ce donc el premier chief devant?
— Encres et soffres, encens et vis argent,
Alun et graine et poivres et safran,
1150 Peleterie, bazenne et cordoan
Et peaux de martre, qui bones sont en tens. »
Otrans l'entent, si s'en rit bonement,
Et Sarrazin en firent joie grant.

XLVII

Li rois Otrans l'en prist a apeler:
1155 «Tiacre frere, par la loi que tenez,
Par vo plesir, dites nos veritez.
Mien escïent, molt grant avoir avez
Qui a charroi le fetes ci mener;   [39 d]
Par voz merciz, fetes nos en doner,
1160 Moi et ces autres qui somes bacheler.
Preu i avroiz, se le chemin usez. »
Et dit Guillelmes: «Beau sire, or vos soffrez;

Ge n'en istrai huimés de la cité:
La vile est bone, g'i vorrai demorer.
1165 Ja ne verroiz demain midi passer,
Vespres sonner ne solleill esconser,
De mon avoir vos ferai tant doner,

        1144. Respont Otrans: «Bien vos est, marcheanz. » / C 1163.
Cf. B et D 1261.
        1152. bonenement / A₂ bonement

136

de brillantes épées au pommeau d'or reluisant. »
Et le roi déclare : «Ami, montrez-nous des articles. »
Guillaume répond : «Vaillant chevalier, patientez un
                                        [moment.
Les marchandises les plus précieuses viennent derrière.
— Qu'est-ce donc qui se trouve en tête du convoi ?
— De l'encre, du soufre, de l'encens, du vif-argent,
de l'alun, de la cochenille, du poivre, du safran,
des pelleteries, de la basane, du cuir de Cordoue,
des peaux de martre, bonnes en hiver. »
À ces mots, Otrant rit de bon cœur
et les Sarrasins manifestèrent une grande joie.

47

Le roi Otrant l'interpella de nouveau :
«Frère Tiacre, au nom de votre religion,
s'il vous plaît, dites-nous la vérité.
À mon avis, vous possédez de grandes richesses,
vous qui l'apportez ici par chariots ;
de grâce, offrez-nous-en,
à moi et à ces autres jeunes gens,
vous en tirerez profit, si vous suivez cette voie. »
Et Guillaume de répondre : «Cher seigneur, patientez
                                        [donc ;
je ne quitterai pas la cité aujourd'hui :
la ville est agréable, je veux y rester.
Avant que vous voyiez passer demain midi,
sonner les vêpres et se coucher le soleil,
je vous donnerai tant de mes biens

Toz li plus forz i avra que porter. »
Dïent paien : « Marcheant, trop es ber,
1170 Molt par es larges seulement de parler.
S'estes preudom, nos le savrons assez !
— Voire, dist il, plus que vous ne creez ;
Onques ne fui trichierres ne aver :
Li miens avoirs est toz abandonez
1175 A mes amis qui de moi sont privez. »
Un de ses homes a li cuens apelé :
« Est, va, encore toz mes charroiz entrez ?

— Oïl voir, sire, la merci Damedé. »
Par mi les rues les commence a guïer ;
1180 Es larges places ez les vos desconbrez,

Qu'il ne velt estre de riens emprisonez,
S'au besoing vient, qu'il se puist delivrer.
L'uis del palés en ont si estoupé
Qu'as Sarrazins sera grief li entrer.

XLVIII

1185 Li rois Otrans li commença a dire :
« Tiacre frere, par la loi dont tu vives,
Ou as conquis si riche menantie,
N'en quel païs n'en quel fié est ta vie ? »
Et dit Guillelmes : « Ce vos sai ge bien dire :
1190 En douce France l'ai ge auques conquise.
Or si m'en vois de voir en Lombardie
Et en Calabre, en Puille et en Sezile,
En Alemaigne desi qu'en Romenie,
Et en Tosquane et d'iluec en Hongrie ;
1195 Puis m'en revieng de ça devers Galice,
Par mi Espaigne, une terre garnie,

138

que même le plus fort d'entre vous en aura sa charge. »
Les païens répliquent : « Marchand, tu es bien brave,
mais tu n'es très généreux qu'en paroles.
Si tu es un honnête homme, nous le saurons bien !
— Oui, vraiment, dit-il, et plus que vous ne le croyez ;
je n'ai jamais été trompeur ni avare :
mes richesses sont mises à l'entière disposition
de mes amis intimes. »
Le comte a appelé l'un de ses hommes :
« Dis-moi, tous mes chariots sont-ils maintenant entrés
                                    [dans la ville ?
— Oui, assurément, seigneur, grâce à Dieu. »
Il commence alors à les guider à travers les rues ;
sur les vastes places, les chariots sont dégagés de toute
                                    [entrave,
car Guillaume ne veut être gêné par rien,
pour pouvoir se libérer en cas d'urgence.
La porte du palais est bouchée à tel point
qu'il sera difficile aux Sarrasins d'y entrer.

48

Le roi Otrant se mit à interroger Guillaume :
« Frère Tiacre, par la religion que tu pratiques,
où as-tu gagné de si grandes richesses,
en quel pays et sur quel fief vis-tu ? »
Guillaume répond : « Je peux bien vous le dire :
j'ai acquis abondance de biens en douce France.
De fait je m'en vais maintenant en Lombardie,
en Calabre, en Pouille, en Sicile,
en Allemagne, jusqu'en Romagne,
en Toscane, et de là en Hongrie ;
puis je m'en reviens vers la Galice,
une riche contrée, située en Espagne,

Et en Poitou desi en Normandie ;
En Angleterre, en Escoce est ma vie :
Desi qu'en Gales ne finerai je mie ;
1200 Tot droit au Crac menrai ge mon empire,
A une foire de grant anceserie.
Mon change faz el regne de Venice. »
Dïent paien : « Mainte terre as requise,

N'est pas merveille, vilains, se tu es riche ! »

XLIX

1205 Oiez, seignor, por Deu de majesté,
Coment Guillelmes fu le jor avisé.
Li rois Otran le prist a regarder
Quant il l'oï sifaitement parler,
Si a veü la boce sor le nes.
1210 Lors li remenbre de Guillelme au cort nes,
Fill Aymeri de Nerbone sor mer.
Quant il le vit, a poi n'est forsené ;
Trestoz li sans del cors li est müez,
Li cuers li faut, a pou qu'il n'est pasmez.
1215 Cortoisement l'en a aresonné,
Si l'en apele, com ja oïr porrez :
« Tiacre frere, par la loi que tenez,
Cele grant boce que avez sor le nes,
Qui la vos fist ? Gardez ne soit celé,
1220 Que me membre ore de Guillelme au cort nes,
Fill Aymeri, qui tant est redoutez,
Qui m'a ocis mon riche parenté.

1202. filz / A₂ faz

140

je vais en Poitou et jusqu'en Normandie;
je vis en Angleterre, en Écosse:
je ne m'arrêterai pas jusqu'au pays de Galles;
je mènerai ma troupe tout droit au Crac des Chevaliers,
à une foire très ancienne.
Je fais mon change au royaume de Venise. »
Les païens remarquent: «Tu as parcouru de nombreux
                                          [pays,
il n'est pas étonnant, vilain, que tu sois riche! »

49

Écoutez, seigneurs, au nom du Dieu de majesté,
comment Guillaume fut reconnu ce jour-là.
Le roi Otrant se mit à l'observer,
en l'entendant parler de cette manière,
et il vit la bosse qu'il avait sur le nez.
Alors il se souvient de Guillaume au court nez,
le fils d'Aymeri de Narbonne sur mer.
À sa vue, il est tout près de devenir fou;
tout son sang ne fait qu'un tour,
le cœur lui manque, peu s'en faut qu'il ne s'évanouisse.
Il lui adresse la parole avec courtoisie
et l'interpelle comme vous allez pouvoir l'entendre:
«Frère Tiacre, par la religion que vous pratiquez,
cette grande bosse que vous avez sur le nez,
qui vous l'a faite? Gardez-vous de le dissimuler,
car je me souviens à présent de Guillaume au court nez,
le si redoutable fils d'Aymeri;
il a tué les membres de ma puissante famille.

Pleüst Mahom, qui est mon avoé,
Et Tervagan et ses saintes bontez,
1225 Que le tenisse ça dedenz enserré
Si com faz vos que ge voi ci ester:
Par Mahomet, ja seroit afolé,
Penduz as forches et au vent encroé,
Ou ars en feu ou a honte livré.»
1230 Ot le Guillelmes, s'en a un ris gité:
«Sire, dist il, envers moi entendez.
De cele chose que vos ci demandez
Vos dirai ge volantiers et de grez.
Quant je fui juenes, meschins et bachelers,
1235 Si deving lerres merveilleus por embler,
Et engingnierres: onques ne vi mon per.
Copoie borses et gueilles bien fermez;
Si m'en repristrent li mestre bacheler   [40 b]
Et marcheant cui ge avoie emblé;
1240 A lor couteaus me creverent le nes,
Puis me lessierent aler a sauveté;
Si commençai cest mestier que veez.
La merci Deu, tant en ai conquesté
Comme a vos eulz par ici esgardez.»
1245 Dist li paiens: «Molt avez fet que ber.
Ja mes as forches ne doiz estre encroez.»
Uns Sarrazins s'en est d'iluec tornez;
Cil quel connoissent l'apeloient Barré,
Seneschaus iert le roi de la cité;
1250 Des or vorra le mengier conraer
En la cuisine por le feu alumer.
L'uis del palés trueve si encombré,
Par nul enging ne pot dedenz entrer.
Quant il le vit, a pou n'est forsené;
1255 Mahomet jure ja sera comparé.
Vint a Harpin, si li a tot conté,

1223. Pleüst a Deu / B Mahom

142

Plût à Mahomet qui est mon protecteur,
à Tervagan et à ses saintes vertus,
que je le tienne enfermé à l'intérieur de la cité,
comme vous-même que je vois debout devant moi :
par Mahomet, il serait bientôt mis à mal,
pendu au gibet et balancé au gré du vent,
brûlé sur un bûcher ou exécuté honteusement. »
À ces mots, Guillaume a éclaté de rire :
« Seigneur, dit-il, écoutez-moi.
Au sujet de ce que vous me demandez,
je vais vous répondre volontiers et de bon gré.
Quand j'étais jeune, adolescent et garçon,
je devins un larron étonnant pour voler
et tromper : jamais je ne vis mon égal.
Je coupais les bourses et les sacoches bien fixées ;
mais je fus pris sur le fait par les jeunes chefs
et les marchands que j'avais dérobés ;
avec leurs couteaux, ils m'entamèrent le nez,
puis me laissèrent partir libre ;
alors j'ai commencé à exercer le métier que voici.
Grâce à Dieu, j'ai acquis autant
que vous le voyez ici de vos yeux. »
Le païen remarque : « Vous êtes un homme de valeur.
Vous ne serez jamais suspendu au gibet. »
Un Sarrasin a quitté la place ;
ceux qui le connaissent l'appellent Barré ;
il est le sénéchal du roi de la cité ;
à présent il veut préparer le repas
et allumer le feu dans la cuisine.
Il trouve la porte du palais si encombrée
qu'il ne peut y pénétrer en aucune façon.
À cette vue, il est tout près de devenir fou ;
il jure par Mahomet qu'il va le faire payer cher.
Il est venu tout rapporter à Harpin

Qui sire estoit de la bone cité,
Il et son frere Otran le desfaé;
Cortoisement l'en a aresonné:
1260 «Damoiseaus sire, envers moi entendez.
Par Mahomet, mal nos est encontré
De cel vilain qui ceanz est entré.
L'uis del palés nos a si encombré
Que l'en n'i puet ne venir ne aler.
1265 Se g'en estoie creüz et escoutez,
Nos le ferons corrocié et iré.
Vez son avoir qu'il a ci amassé;
Vos ne autrui ne velt il riens doner.
Quar fetes, sire, trestoz cez bués tüer,
1270 En la cuisine, au mengier conraer!»
Et dist Harpins: «Un grant mail m'aportez.»

Et cil respont: «Si com vos commandez.»
Li pautoniers s'en est d'iluec tornez;
Un maill de fer li ala aporter;
1275 A lui retorne, el poing li a bouté.
Et Harpins hauce, si a Baillet tüé,
Et puis Lonel, qui estoit par delez
(Cil dui estoient li mestre limonier),   [40 c]
Et escorchier les fet au bacheler
1280 En la cuisine por le mengier haster.
Ses Sarrazins en cuida conraer,
Mes ainz qu'en aient de riens asavoré,
Mien escïant, sera chier comparé,
Que uns François a tot ce esgardé.
1285 Quant il le vit, si l'en a molt pesé;
Vient a Guillelme, si li a tot conté;
Enz en l'oreille li conseilla soé,

Ne l'aperçurent Sarrazin ne Escler:
«Par ma foi, sire, mal vos est encontré.

1290 De vo charoi ont ja dos bués tüé,

144

qui gouvernait la puissante cité
avec son frère Otrant, l'infidèle;
il lui a adressé la parole avec courtoisie:
«Jeune seigneur, écoutez-moi.
Par Mahomet, il nous est arrivé une fâcheuse aventure
par la faute de ce vilain qui est entré ici.
Il nous a encombré la porte du palais à tel point
que l'on ne peut ni entrer ni sortir.
Si l'on suivait mon conseil en toute confiance,
nous le courroucerions et l'irriterions.
Voyez les biens qu'il a rassemblés ici;
il ne veut rien donner ni à vous ni aux autres.
Seigneur, faites donc tuer tous ces bœufs,
afin de préparer le repas dans la cuisine!»
Harpin s'exclame alors: «Apportez-moi un grand
                                    [maillet!»
L'autre répond: «À vos ordres.»
Le coquin a quitté la place;
il est allé lui chercher un maillet de fer;
il revient vers son seigneur et le lui met au poing.
Harpin lève le maillet et tue Baillet,
puis Lonel qui était à côté,
(c'étaient les deux limoniers de l'attelage principal),
il les fait écorcher par un jeune homme
pour préparer le repas dans la cuisine.
Il pensait en rassasier ses Sarrasins,
mais avant d'en avoir savouré le moindre morceau,
à mon avis, ils le paieront cher,
car un Français a observé toute la scène.
Ce spectacle l'a vivement contrarié;
il vient trouver Guillaume et lui raconte tout;
il lui a parlé à voix basse, doucement, au creux de
                                    [l'oreille,
à l'insu des Sarrasins et des Slaves:
«Par ma foi, seigneur, il vous est arrivé une fâcheuse
                                    [aventure.
Les païens viennent de tuer deux bœufs de votre convoi,

Toz les plus beaus qu'avïons amené;
Au preudome erent que avez encontré,

El front devant les avoit on güié.
En cel tonel savez qui est entré :

1295 Cuens Gilebert de Faloise sor mer,
Gautier de Termes et l'Escot Gilemer;
Bertran vo niés les avoit a güier;
Mauvesement les avez vos gardez. »
Ot le Guillelmes, a pou n'est forsenez ;
1300 Molt belement li respont et soef :
« Qui a ce fet ? Garde ne me celer.
— Par foi, beau sire, ja mar le mescrerez ;

C'a fet Harpin, le cuvert parjuré.
— Por quoi deable ? Que lor a demandé ?
1305 — Ne sai, beau sire, par la foi que doi Dé. »

Ot le Guillelmes, si en fu aïré,
Et dit en bas qu'il ne fu escouté :
« Par saint Denis qui est mon avoé,
Encor encui sera chier comparé ! »
1310 Entor lui sont Sarrazin amassé,
Qui molt le gabent et l'ont ataïné :
Li rois Harpins lor avoit commandé
Qui de parole se volt a lui meller,
Il et ses frere Otrans li desreez.

1314. Agrapart li Escler /B Otrans li desreez

146

les plus beaux de ceux que nous avions amenés;
ils appartenaient au brave homme que vous avez
[rencontré,
on les avait placés tout à fait en tête.
Vous connaissez ceux qui sont entrés dans les premiers
[tonneaux:
le comte Gilbert de Falaise-sur-mer,
Gautier de Termes et Gilemer l'Écossais;
votre neveu Bertrand avait la charge de les conduire;
vous les avez mal protégés.»
À ces mots, Guillaume est tout près de devenir fou;
il lui demande très doucement et à voix basse:
«Qui a fait cela? Garde-toi de me le cacher.
— Ma foi, cher seigneur, vous auriez tort de ne pas le
[croire;
c'est Harpin, cet infâme traître.
— Pourquoi, diable? Que leur reprochait-il?
— Je l'ignore, cher seigneur, par la foi que je dois à
[Dieu.»
À ces mots, Guillaume se mit en colère,
mais il dit tout bas de façon à ne pas être entendu:
«Par saint Denis qui est mon protecteur,
aujourd'hui même, ils vont le payer cher!»
Les païens se sont rassemblés autour de lui;
ils l'accablent de railleries et lui cherchent noise:
le roi Harpin le leur avait ordonné,
dans le but de provoquer une querelle,
aidé de son frère, Otrant le violent.

1315 Oez, seignor, que Dex vos beneïe,
    Comfaitement Guillelmë ataïnent.
    Li rois Otrans li commença a dire:
    « Diva, vilains, Damedex te maudie!   [40 d]
    Por quoi n'as ore ta mesnie vestie,
1320 Et toi meïsmes, d'une seule pelice?
    Molt mielz en fust et amee et cherie. »
    Et dist Guillelmes: « N'i dorroie une alie;

    Einçois sera arriere revertie
    A ma moillier qui m'atent et desirre,
1325 De grant avoir assazee et garnie,
    Que ma mesnie soit par moi revestie. »

    Li rois Harpins li a dit par contraire:
    « Diva, vilains, Mahomez mal te face!
    Por quoi as or si granz sollers de vache,

1330 Et ta gonele et tes conroiz si gastes?

    Bien sembles home qui ja bien ne se face. »

    Passa avant, si li tire la barbe,
    Par un petit cent peus ne li erraiche;
    Voit le Guillelmes, par un pou n'en enraige.

    1327. Li rois Otrans / C 1346 et D 1319 Harpins. Cf. les
vers 1367-1368

Écoutez, seigneurs, que Dieu vous bénisse,
comment ils cherchent querelle à Guillaume.
Le roi Otrant se mit à lui dire :
« Eh bien ! vilain, que Dieu te maudisse !
Pourquoi n'as-tu donc pas vêtu les gens de ta suite
et toi-même de la moindre pelisse ?
Vous en seriez mieux appréciés et estimés. »
Et Guillaume répondit : « Je ne donnerais pas une alise
                                    [pour cela ;
Nous serons retournés
auprès de ma femme qui m'attend avec impatience,
pourvus et comblés de grandes richesses,
avant que je fournisse des habits aux gens de ma suite. »

Le roi Harpin lui a parlé avec animosité :
« Eh bien ! vilain, que Mahomet te nuise !
Pourquoi as-tu donc de si grands souliers en cuir de
                                    [vache,
pourquoi ta tunique et tes habits sont-ils en si mauvais
                                    [état ?
Tu as vraiment l'air d'un homme peu soigneux de sa
                                    [personne. »
Il s'avance et lui tire la barbe,
peu s'en faut qu'il ne lui arrache cent poils ;
vu cette insulte, Guillaume manque devenir enragé.

1335 Lors dist Guillelmes, que ne l'entendi ame:
      «Por ce, s'ai ore mes granz sollers de vache,

      Et ma gonele et mes conroiz si gastes,
      Si ai ge nom Guillelmes Fierebrace,
      Filz Aymeri de Nerbone, le saige,
1340 Le gentill conte qui tant a vasselage.
      Cist Sarrazins m'a fet ore contraire;
      Ne me connoist quant me tira la barbe:
      Mal fu bailliee, par l'apostre saint Jaque!»

                    LII

      Guillelmes dist en bas, a recelee:
1345 «Por ce, s'ai ore mes chauces emboees,
      Et ma gonele qui est et grant et lee,
      Si est por voir dant Aymeris mon pere,
      Cil de Nerbone, qu'a proesce aduree.
      Ge sui Guillelmes, cui la barbe as tiree;
1350 Mar fu bailliee, par l'apostre saint Pere,
      Que ainz le vespre sera chier comparee!»

                    LIII

      Oez, seignor, Dex vos croisse bonté!
      Comfaitement Guillelmes a ovré.
      Quant son grenon senti qu'il a plumé,

1355 Et del charroi i ot dos bués tüé,
      Or poez croire que molt fu aïré;
      S'il ne se venge ja sera forsené.

Alors il grommelle sans être entendu :
«Même si je porte en ce moment de grands souliers en
[cuir de vache,
une tunique et un équipement en si mauvais état,
toutefois je m'appelle Guillaume Fierebrace,
fils d'Aymeri de Narbonne, le sage,
le noble comte qui a tant de vaillance.
Ce Sarrasin vient de me chercher noise ;
il ne me connaît pas pour m'avoir tiré la barbe :
Par l'apôtre saint Jacques, il a eu tort de le faire !»

52

Guillaume continue tout bas, en aparté :
«Même si je porte des chausses couvertes de boue,
une tunique grande et large,
il n'empêche que le seigneur Aymeri est bien mon père,
le Narbonnais, au courage aguerri.
Je suis Guillaume, moi à qui tu as tiré la barbe ;
par l'apôtre saint Pierre, tu as eu tort de le faire,
car, avant ce soir, tu le paieras cher !»

53

Écoutez, seigneurs, que Dieu accroisse votre valeur,
comment Guillaume a agi.
Quand il a senti qu'on lui arrachait les poils de sa
[moustache,
après la mort des deux bœufs de son convoi,
alors vous pouvez être sûrs qu'il fut très en colère ;
s'il ne se venge pas, il va devenir fou.

Sor un perron est Guillelmes monté;
A sa voiz clere se prist a escrïer:
1360 «Felon paien, toz vos confonde Dex!
Tant m'avez hui escharni et gabé,
Et marcheant et vilain apelé;
Ge ne sui mie marcheant par verté,
Non de Tÿacre ne sui mie nonmez,
1365 Que, par l'apostre qu'en quiert en Noiron pré,
Encui savroiz quel avoir j'ai mené!

Et tu, Harpins, cuvert desmesuré,
Por qu'as ma barbe et mes guernons tiré?
Saches de voir, molt en sui aïré:
1370 Ne serai mes ne soupé ne digné
Tant que l'avras de ton cors comparé.»
Isnelement est en estant levé,
Le poing senestre li a el chief mellé,
Vers lui le tire, si l'avoit encliné,
1375 Hauce le destre, que gros ot et quarré,
Par tel aïr li dona un cop tel,
L'os de la gueule li a par mi froé,
Que a ses piez l'a mort acraventé.
Paien le voient, le sens cuident desver;
1380 A haute voiz commencent a crier:
«Lerres, traïtres, n'en poez eschaper!
Par Mahomet qui est nostre avoez,
A grant martire sera vo cors livrez,
Penduz ou ars, et la poudre venté.
1385 Mar osas hui roi Harpin adeser!»

Seure li corent, n'i ont plus demoré.

1364. Raol de Macre ne sui mes apelé / vers de B

152

Il est monté sur une grosse pierre ;
de sa voix claire, il s'est mis à crier :
« Cruels païens, que Dieu vous anéantisse tous !
Aujourd'hui vous m'avez bien harcelé et raillé,
traité de marchand et de vilain ;
en vérité, je ne suis pas un marchand,
je ne m'appelle pas Tiacre,
car, par l'apôtre qu'on implore dans le parc de Néron,
vous allez apprendre aujourd'hui quelles marchandises
[j'ai apportées !
Et toi, Harpin, arrogant gredin,
pourquoi m'as-tu tiré la barbe et les moustaches ?
Sois-en persuadé, j'en suis très irrité :
je ne souperai ni ne dînerai plus
tant que tu ne l'auras pas payé de ta vie. »
Il se dresse rapidement,
le saisit du poing gauche par les cheveux,
le tire vers lui, après l'avoir fait pencher en avant,
lève son poing droit, gros et fort,
lui assène un coup avec une telle violence
qu'il lui brise la nuque par le milieu
et le renverse mort à ses pieds.
À cette vue, les païens manquent perdre la raison ;
ils se mettent à crier à tue-tête :
« Bandit, traître, tu n'en réchapperas pas !
Par Mahomet qui est notre protecteur,
ton corps sera livré au pire supplice,
pendu ou brûlé et tes cendres dispersées au vent.
C'est pour ton malheur que tu as osé toucher en ce jour
[le roi Harpin ! »
Sans plus attendre, ils se ruent sur lui.

Paien s'escrïent : « Marcheant, tu as tort.
Por quoi as tu le roi Harpin ci mort ?
C'est une chose dont ja n'avras confort ;
1390 Ja en ta vie n'ieres de ci estors. »
Devant le duc veïssiez maint poing clos.
Paien cuidierent qu'il n'i ait mes des noz.

Li cuens Guillelmes mist a sa bouche un cor,
Trois foiz le sone et en grelle et en gros.
1395 Quant oï l'a le barnage repost

Enz es tonneaus ou il erent enclos,
Prennent les maus, si fierent les fonz hors ;
Espees traites, saillent des tonneaus fors.   [41 b]
« Monjoie ! » escrïent par merveilleus esfors.
1400 Ja i avra des navrez et des morz !
Quant li vassal furent des tonneaus hors,
Par mi les rues s'en vienent a esforz.

Li estors fu et merveilleus et granz,
Et la bataille orriblë et pesanz.
1405 Quant paien virent, li cuvert souduiant,
Que François furent si fier et combatant,
As armes corent li cuivert souduiant.
Paien s'adoubent maint et communement,
En lor mesons et en lor mandement ;
1410 Por els deffendre se vont apareillant ;
Des hostiex issent, les escuz tret avant,

154

Les païens s'écrient : «Marchand, tu as tort.
Pourquoi as-tu tué le roi Harpin?
C'est un acte dont tu ne te relèveras jamais;
tu ne sortiras jamais vivant d'ici.»
Devant le duc vous auriez pu voir maint poing fermé.
Les païens croyaient qu'il n'y avait pas davantage des
[nôtres.
Le comte Guillaume mit un cor à sa bouche,
il en sonna trois fois sur des notes aiguës et graves.
Quand cet appel fut entendu des vaillants chevaliers
[cachés
dans les tonneaux où ils étaient enfermés,
ils prennent les maillets et défoncent les tonneaux;
ils bondissent dehors, l'épée dégainée.
Ils crient : «Montjoie!» de toutes leurs forces.
Il y aura bientôt des blessés et des morts!
Une fois sortis des tonneaux,
les vaillants guerriers se répandent avec vigueur dans
[les rues.

La mêlée fut étonnante et terrible,
la bataille horrible et âpre.
Quand les païens, ces infâmes traîtres, virent
que les Français étaient si farouches et combatifs,
les infâmes traîtres courent aux armes.
Les païens s'équipent tous ensemble,
dans leurs maisons et leurs demeures;
ils se préparent à se défendre;
ils sortent de chez eux, le bouclier en avant,

Un graile sonent, si se vont ralïant.
Atant ez vos mil chevalier vaillant
De la mesniee Guillelme le poissant;
1415 L'en lor amaine lor destriers auferrant,
Et cil i montent tost et isnelement.
A lor cos pendent les forz escuz pesanz,
En lor poinz prennent les forz espiez tranchanz,
Entre paiens se vont ademetant,
1420 « Monjoie! » escrïent et derriere et devant.
Cil por lor vie se vont bien deffendant,
Que la cité iert pueplee de gent.
La veïssiez un estor einsi grant,
Tant hante fraindre sor les escuz pesant,
1425 Et desmaillier tant hauberc jazerant,
Tant Sarrazin trebuchier mort sanglant!
Mar soit de cel qu'en eschapast vivant
Que tuit ne soient en la place morant!
Tote la terre est coverte de sanc.
1430 Otranz s'en torne, n'i fu pas demorant.

LVI

Li estors fu et merveilleus et forz;
Fierent d'espees et des espiez granz cops.
Otranz s'en fuit, qui peor a de mort.
Li cuens Guillelmes le suit molt pres au dos,
1435 Si le retint par le mantel del col.
Puis li a dit hautement a dos moz:
« Sez tu, Otran, de quel gent sui prevoz? »

1413. I. chevalier / B et C 1432. M.
1414. Guïelin / B et C 1433 Guillelme
1419. *Nous lisons* aderurtant (?) / A₂ ademetant

156

à la sonnerie du clairon, ils se rassemblent.
Alors voici venir mille vaillants chevaliers
de la suite de Guillaume le puissant;
on amène leurs fougueux destriers aux Français
qui les enfourchent sans perdre un instant.
Ils pendent à leurs cous les solides et lourds boucliers,
empoignent les lances solides et tranchantes,
puis se précipitent au milieu des païens,
aux cris de: «Montjoie!», par-derrière et par-devant.
Les païens défendent chèrement leur vie,
car la cité était peuplée.
Là vous auriez pu voir une terrible mêlée,
se briser tant de lances sur les lourds boucliers,
se défaire tant de hauberts à fines mailles,
tomber tant de Sarrasins morts, ensanglantés!
Personne n'échappe à la mort,
tous meurent sur place!
Toute la terre est couverte de sang.
Otrant tourne bride sans tarder.

56

La mêlée fut étonnante et violente;
on frappe de grands coups d'épées et de lances.
Otrant s'enfuit, car il a peur de la mort.
Le comte Guillaume le poursuit de très près,
il le saisit par le manteau qu'il porte sur les épaules.
Puis il lui a dit deux mots à voix haute:
«Sais-tu, Otrant, sur quelle engeance j'exerce la justice?

De cele gent qui en Deu n'ont confort ;
Quant les puis prendre, a honte vit li cors ;
1440 Saches por voir, venuz es a ta mort ! »

LVII

Ce dit Guillelmes a la chiere hardie :
« Otran, fel rois, Damedex te maldie !
Se tu creoies le filz sainte Marie,
Saches de voir, t'ame sera garie ;
1445 Et se nel fes, ce te jur et afie,
De cele teste n'en porteras tu mie,
Tot por Mahom, qui ne valt une alie ! »
Et dist Otran : « De ce ne sai que die ;
Tant en ferai com mes cuers en otrie.
1450 Par Mahomet, ce ne ferai ge mie
Que vo Deu croie et ma loi deguerpisse ! »
Ot le Guillelmes, a pou n'enrage d'ire ;
Toz les degrez contreval le traïne.
Li Franc le voient, si li pristrent a dire.

LVIII

1455 François s'escrïent : « Otran, quar di le mot

Por quoi avras sis jorz respit de mort ! »
Li cuens Guillelmes s'escria a esfort :
« Cent dahez ait qui l'en prïera trop ! »

Par un des estres l'avoient lancié fors ;
1460 Ainz qu'il venist a terre fu il morz.

Sur cette race qui ne trouve aucun réconfort en Dieu;
Quand je peux les prendre, ils sont déshonorés;
sois-en assuré, l'heure de ta mort est venue!»

57

Guillaume au visage hardi ajoute ces mots:
«Otrant, cruel roi, que le Seigneur Dieu te maudisse!
Si tu crois au Fils de sainte Marie,
sois-en assuré, ton âme sera sauvée;
mais si tu ne crois pas en Lui, je te jure solennellement
que tu perdras la tête,
à cause de Mahomet qui ne vaut pas une alise!»
Otrant déclare: «Je ne sais que dire à ce sujet;
j'agirai tout à fait selon mon cœur.
Par Mahomet, je refuse absolument
de croire en votre Dieu et de renier ma religion!»
À ces mots, Guillaume manque devenir fou de colère;
il le traîne du haut en bas de l'escalier.
À sa vue, les Français commencent à lui parler.

58

Les Français s'écrient: «Otrant, prononce donc la
                                                    [parole
qui t'accordera six jours de sursis!»
Le comte Guillaume s'écrie avec force:
«Qu'il soit cent fois maudit celui qui l'en priera
                                              [davantage!»
Par l'une des fenêtres ils l'ont jeté dehors;
il était mort avant d'arriver à terre.

Et aprés lui en giterent cent hors,
Qui ont brisiez et les braz et les cors.

LIX

Or ont François la cité aquitee,
Les hautes tors et les sales pavees.
1465 Vin et froment a planté i troverent;
Devant set anz ne seroit afamee,
Ne ne seroit ne prise n'empiree.
Poise a Guillelme que noz François nel sevent,

Li mil baron qui as tentes remestrent.
1470 Sus el palés un olifant sonerent,
Que l'ont oï noz genz qui hors remestrent.

Tantost monterent sanz nule demoree,
Desi a Nymes n'i ont fet arestee.
Quant il i vinrent, si ont joie menee,
1475 Et li vilain qui aprés s'en alerent,
Qui lor charroi et lor bués demanderent;
François sont lié, qui pas ne lor vaerent,
Ainz n'en perdirent vaillant une denree   [41 d]
Qui assez bien ne lor fust restoree;
1480 Par desus cë orent il grant soldee.
Il s'en reperent arriere en lor contree.
Tres par mi France en vet la renomee:
Li cuens Guillelmes a Nymes aquitee.
A Looÿs la parole est contee;
1485 Li rois l'entent, grant joie en a menee,
Deu en aore et Marie sa mere.

Après lui, ils ont jeté dehors cent autres
qui ont eu les bras et le corps brisés.

59

Maintenant les Français ont libéré la ville,
les hautes tours et les salles pavées.
Ils ont trouvé en abondance du vin et du blé ;
avant sept ans la ville ne pourrait souffrir de la famine,
être prise ou mise à mal.
Guillaume est contrarié que la victoire soit ignorée de
                                    [nos Français,
les mille vaillants chevaliers restés au campement.
Là-haut, dans le palais, on a sonné du cor,
de sorte que l'ont entendu les nôtres, restés à l'extérieur
                                    [de la cité.
Aussitôt ils montèrent à cheval sans perdre un instant,
et jusqu'à Nîmes ils ne s'arrêtèrent pas.
À leur arrivée, ils ont manifesté leur joie
ainsi que les paysans qui les suivaient ;
ces derniers réclamèrent leurs chariots et leurs bœufs ;
les Français, heureux, ne leur refusèrent rien,
les paysans ne perdirent pas la valeur d'un denier
qu'elle ne leur fût très largement remboursée ;
de surcroît ils reçurent de belles récompenses.
Ils s'en retournent ensuite dans leur pays.
La nouvelle se répand à travers la France :
le comte Guillaume a libéré Nîmes.
On rapporte le fait à Louis ;
en l'apprenant, le roi a manifesté une grande joie,
il en adore Dieu et Marie, sa mère.

DOSSIER

NOTES

Les notes proposées sont de différentes natures :

1) Plusieurs concernent l'édition du texte et tentent d'expliquer pourquoi le manuscrit de base a été par moments abandonné au profit d'une leçon provenant d'une autre rédaction.

2) D'autres constituent des commentaires littéraires de passages délicats, ambigus ou significatifs.

3) Certaines évoquent des rapprochements entre *Le Charroi de Nîmes* et d'autres chansons de geste, en particulier celles qui appartiennent au Cycle de Guillaume d'Orange.

4) Quelques-unes sont relatives à l'histoire et à la société du Moyen Âge.

5) D'autres encore ont trait à la syntaxe.

6) Mais les plus nombreuses sont lexicales, apportant des précisions utiles sur la diversité et l'évolution sémantiques de mots usuels en ancien français. L'astérisque * signale que l'étymon indiqué n'est pas attesté.

Deux index situés à la fin permettent de retrouver facilement les termes et les motifs traités.

En plus des ouvrages mentionnés dans les différentes notes, nous avons consulté :

Andrieux-Reix, Nelly, *Ancien français. Fiches de vocabulaire*, Paris, PUF, 1987.

Favier, Jean, *Dictionnaire de la France médiévale*, Paris, Fayard, 1993.

Foulet, Lucien, *Glossary of the First Continuation*, Philadelphia, The American Philosophical Society, 1955.

Gaffiot, Félix, *Dictionnaire illustré Latin Français*, Paris, Hachette, 1934.

Godefroy, Frédéric, *Dictionnaire de l'ancienne langue française et de tous ses dialectes du IXᵉ au XVᵉ siècle*, 10 vol., Paris, Vieweg, 1891-1902, réimpr. Slatkine, 1982.

Rey, Alain, *Dictionnaire historique de la langue française*, 2 vol., Paris, Le Robert, 1992.

Tobler, Adolf et Lommatzsch, Erhard, *Altfranzösisches Wörterbuch*, Berlin, depuis 1925.

*

V. 1. *Oiez, seignor, Dex vos croisse bonté*

À l'inverse de la *Chanson de Roland*, du *Voyage de Charlemagne à Jérusalem et à Constantinople* ou d'*Aliscans* qui commencent *ex abrupto*, la plupart des chansons de geste s'ouvrent par un prologue dont on peut dégager plusieurs éléments conventionnels :

1) Un verbe à fonction phatique (souvent *oïr* à l'impératif) visant à établir le contact avec le public dont le jongleur requiert le silence et l'attention.

2) Une apostrophe interpellant les destinataires, du type *seignor*.

3) Une bénédiction divine sur l'auditoire.

4) L'éloge de la chanson, souvent qualifiée de *bone* (v. 3).

5) Cette réclame s'accompagne parfois d'un dénigrement des autres œuvres.

6) La présentation du héros.

7) Un bref résumé du récit.

8) L'appartenance à un cycle, des liens étroits avec d'autres chansons célèbres.

9) Une insistance sur la vérité de la chanson.

10) Afin de la garantir, le trouvère peut citer ses sources, des témoins ou des preuves matérielles.

Dans le préambule du *Charroi*, nous relevons les composantes 1, 2, 3, 4, 6, 7, 8. Le prologue est donc assez conventionnel ; il offre en outre une tonalité très religieuse puisque huit vers (v. 1, 2, 4, 6, 10, 11 avec Rome, 12 et 13) sur treize comportent des allusions à Dieu et à la foi. N'est-il pas cependant fallacieux dans la mesure où il n'annonce ni la colère de Guillaume ni le stratagème des tonneaux ? Sur les prologues, voir Manfreid Gsteiger, « Note sur les préambules des chansons de geste », *C.C.M.*, 2, 1959, pp. 213-220.

V. 7. *Aprés conquist Orenge la cité*

Dans les vers 7 à 10, l'auteur évoque le sujet de *La Prise d'Orange*, la double conquête territoriale et sentimentale, la prise d'Orange et le mariage de Guillaume et d'Orable, la femme païenne de Tibaut, baptisée sous le nom de Guibourc.

V. 11. *Et desoz Rome ocist Corsolt es prez*

Ce vers rappelle l'épisode le plus frappant du *Couronnement de Louis*, le duel entre Guillaume et le géant sarrasin Corsolt (v. 683 à 1165).

V. 12. *Molt essauça sainte crestïentez*

Cette formule apparaît dans nombre de chansons de geste pour souligner la piété du chevalier dont le devoir primordial est de servir son Dieu et d'exalter la foi chrétienne. Cf. *Le Charroi de Nîmes*, v. 648, 653, 1091; *La Chanson de Guillaume*, v. 1376, 1489, 1602; *Aliscans*, v. 699-700, 1191; *Aspremont*, v. 10620-10621; *Aymeri de Narbonne*, v. 4633; *Les Enfances Guillaume*, v. 15; *Otinel*, v. 2130. Voir Jean Flori, «*Pur eshalcier sainte crestïenté*. Croisades, guerre sainte et guerre juste dans les anciennes chansons de geste françaises», *Le Moyen Âge*, t. 97, 1991, pp. 171-187.

V. 14. *Ce fu en mai, el novel tens d'esté*

L'ouverture narrative est marquée par une reverdie, évocation lyrique du retour de la belle saison. Ici et là des formules identiques se répètent : les jours s'allongent, les arbres se garnissent de feuilles, les prés verdissent, les fleurs s'épanouissent, les cours d'eau retrouvent leurs lits, les oiseaux chantent. À titre de comparaison, voici les vers 39 à 42 de *La Prise d'Orange* : *Ce fu en mai el novel tens d'esté; / Florissent bois et reverdissent cil pré, / Ces douces eves retraient en canel, / Cil oisel chantent doucement et soëf.* Sur ce sujet, voir Roger Dragonetti, *La Technique poétique des trouvères dans la chanson courtoise*, Genève, Slatkine Reprints, 1979, pp. 169-193; Pierre Bec, *La Lyrique française au Moyen Âge*, Paris, Picard, 1977, t. I, pp. 136-141; Claude Lachet, *La Prise d'Orange ou la Parodie courtoise d'une épopée*, Paris Champion, 1986, pp. 153-155; Marc Le Person, «L'insertion de la "reverdie" comme ouverture ou relance narratives dans quelques romans des XIIᵉ et XIIIᵉ siècles», *Les Genres insérés dans le roman* (Actes du Colloque international 10-12 décembre 1992), C.E.D.I.C., Université de Lyon III, 1994, pp. 17-33.

V. 16. *Cil oisel*

On note l'emploi expressif du déterminant démonstratif *cil* (appelé démonstratif de notoriété, démonstratif épique ou topique) dans une description traditionnelle «représentant des êtres ou des choses conformes à un type connu». Voir Philippe Ménard, *Syntaxe de l'ancien français*, 4ᵉ éd., Bordeaux, éd. Bière, 1994, p. 32, et Marc Wilmet, «Le démonstratif dit absolu ou de notoriété en ancien français», *Romania*, t. 100, 1979, pp. 1-20.

V. 17. *Li cuens Guillelmes reperoit de berser*

Le lecteur moderne sera sans doute surpris de constater que Guillaume, désigné au vers 5 par le terme *marchis* (= marquis) soit à présent appelé *cuens* (= comte). En fait il faut attendre le XVIIᵉ siècle pour que ces substantifs s'appliquent à des titres nobiliaires hiérarchisés (par ordre décroissant: prince, duc, marquis, comte, vicomte, baron, chevalier). Au Moyen Âge un même personnage peut être chevalier (voir la note du vers 25), baron (voir la note du vers 21), comte (puissant vassal, titulaire d'un fief), *marchis* (autrement dit gouverneur d'une marche ou province frontière), voire duc (chargé du commandement militaire de toute une région).

Ce passage rappelle la scène initiale du *Couronnement de Louis*: à son retour de la chasse, Guillaume, prévenu par son neveu Bertrand qu'Arneïs d'Orléans veut exercer la régence et s'emparer du pouvoir, se rend à l'église d'Aix-la-Chapelle pour châtier l'usurpateur et couronner l'héritier légitime de Charlemagne: «*D'une forest repaire de chacier. / Ses niés Bertrans le corut a l'estrier; / Il li demande: "Dont venez vos, bels niés? / — En nom Deu, sire, de la enz del mostier, / Ou j'ai oï grant tort et grant pechié*"» (v. 114-118). On peut y déceler aussi une allusion plus malicieuse à la même chanson. En effet, à deux reprises dans *Le Couronnement de Louis* (v. 2223-2226 et 2657-2664), au moment où Guillaume songe à se divertir en chassant, l'arrivée d'un ou de deux messagers lui annonçant des menaces pour le royaume de France l'oblige à renoncer à son projet. Pour une fois que le héros se livre à son loisir favori, pour une fois qu'il privilégie son plaisir personnel au détriment du service du roi, l'ingratitude de ce dernier le punit, illustrant le proverbe : « Qui va à la chasse perd sa place. »

V. 21. *Quatre saietes ot li bers au costé*

On observe la gradation numérique : *dos* (v. 19), *Trois* (v. 20), *Quatre* (v. 21) et *quarante* (v. 23) qui contribue à la glorification progressive de Guillaume. D'ailleurs, s'il lui reste encore quatre flèches au côté, cela tend à prouver que Fierebrace est un excellent archer et qu'il n'a pas eu besoin de nombreux traits pour abattre deux cerfs.

Le substantif *bers* (*ber/baron*) s'applique aux hommes de haute naissance, aux puissants seigneurs du royaume, aux principaux conseillers du souverain. Le terme caractérise aussi les qualités d'un noble chevalier, notamment sa bravoure ; il peut même devenir adjectif, au sens de « vaillant ». Il n'est pas à exclure qu'en employant la forme *bers* le trouvère crée un jeu de mots avec le verbe *berser* (= chasser) des vers 17 et 22.

V. 23. *bacheler*

Dans son article « Qu'est-ce qu'un bacheler ? Étude historique de vocabulaire dans les chansons de geste du XIIe siècle », *Romania*, 1975, t. 96, pp. 289-313, Jean Flori a montré que si ce terme désigne des nobles ou des roturiers, des chevaliers ou d'autres personnages (rois, cuisiniers, jongleurs, forestiers, évêques...), des célibataires ou des hommes mariés, des chevaliers fieffés ou non, il dénomme toujours des jeunes gens. Synonyme de jeune, il peut le plus souvent être traduit par « adolescent » ou « garçon ». Offrant une résonance idéologique particulière, le substantif est employé en bonne part et souvent accompagné d'adjectifs laudatifs. Il souligne les qualités propres à la jeunesse, à savoir l'audace, l'enthousiasme et la générosité. À partir du XIVe siècle, *bacheler/bachelier* définit le titulaire du premier des grades universitaires. Voir aussi Philippe Ménard, « "Je sui encore bacheler de jovent" (*Aimeri de Narbonne*, v. 766) : Les représentations de la jeunesse dans la littérature française aux XIIe et XIIIe siècles. Étude des sensibilités et mentalités médiévales », *Les Âges de la vie au Moyen Âge*, Paris, Presses de l'Université de Paris-Sorbonne, 1992, pp. 171-186.

V. 24. *Filz sont a contes et a princes chasez*

Dès l'ouverture narrative est esquissé le drame de Guillaume qui, malgré sa fidélité et sa loyauté envers le roi, en dépit des services rendus, n'est pas encore chasé, c'est-à-dire investi d'un fief. Cf. v. 36 : *Nostre empereres a ses barons fievez*. Selon François-Louis Ganshof, le fief est «une tenure concédée gratuitement par un seigneur à son vassal en vue de procurer à celui-ci l'entretien légitime et de le mettre à même de fournir à son seigneur le service requis» (*Qu'est-ce que la féodalité?*, Paris, Tallandier, 1982, p. 168).

V. 25. *Chevalier furent de novel adoubé*

Le chevalier est un cavalier possédant des armes spécifiques, offensives (épée et lance) et défensives (heaume, haubert, écu). Doué de qualités physiques (force, endurance, habileté) et morales (vaillance, hardiesse, sagesse, foi, loyauté, courtoisie), il est par sa fonction un guerrier professionnel. La chevalerie constitue d'abord une corporation dans laquelle l'apprenti (nommé *escuier* ou *valet*) entre, au terme d'une cérémonie appelée adoubement; d'ordinaire, à la fin du XIIᵉ siècle, le jeune postulant reçoit les armes de son parrain qui lui ceint l'épée, lui chausse l'éperon droit et lui donne la *colee*, un coup de paume sur la nuque; le rituel s'accompagne parfois de souhaits ou de recommandations. Voir Jean Flori, «La notion de chevalerie dans les chansons de geste du XIIᵉ siècle. Étude historique de vocabulaire», *Le Moyen Âge*, t. 81, 1975, pp. 211-244 et 407-445, et «Pour une histoire de la chevalerie: l'adoubement dans les romans de Chrétien de Troyes», *Romania*, t. 100, 1979, pp. 21-53.

V. 26. *oiseaus et* 27. *Muetes de chiens*

La chasse, qui est à la fois une passion et une nécessité, constitue l'activité principale du chevalier en temps de paix. Il en existe deux types, la «fauconnerie» qui recourt à des oiseaux de proie (en particulier des faucons) et la «vénerie», autrement dit la chasse à courre où interviennent les meutes de chiens. Voir Armand Strubel et Chantal de Saulnier, *La Poétique de la chasse au Moyen Âge. Les livres de chasse au* XIVᵉ *siècle*, Paris, P.U.F., 1994.

V. 28. *Par Petit Pont sont en Paris entré*

Le Petit Pont reliant l'île de la Cité à la rive gauche de la Seine est le plus ancien pont de Paris. Bâti en pierre, en 1185, il fut souvent détruit par les crues ou par le feu embrasant les moulins et les maisons de bois dont il était bordé. Seuls les jongleurs pouvaient franchir le pont sans s'acquitter du péage, en faisant exécuter des tours à leur singe, d'où l'expression «payer en monnaie de singe».

V. 29. *gentix*

Ce terme vient du latin *gentilis* (= «qui appartient à une *gens*, à une famille», donc «de bonne race»). Durant la période médiévale, l'adjectif va évoluer de la valeur sociale au comportement. S'il s'applique d'abord à celui qui est noble de naissance, il ne tarde pas à désigner celui qui est noble de caractère, un cœur vaillant et généreux, puis celui qui plaît par ses bonnes manières, autrement dit une personne aimable, agréable et bienveillante.

V. 30. *ostel*

Ce substantif est issu du latin *hospitale* qui signifie «d'hôte, hospitalier» avant de devenir en bas latin un «logis où l'on reçoit des hôtes». Au Moyen Âge, *ostel* possède d'abord un sens abstrait: c'est l'hébergement, le fait de se loger comme le confirme l'expression *prendre ostel*. Lorsqu'il désigne concrètement un logis, celui-ci est en général temporaire, contrairement à *maison* (du latin *mansionem*) qui insiste sur la permanence, l'idée d'une résidence habituelle. À partir du xvᵉ siècle, le terme se spécialise dans des sens concrets: en effet, il dénomme soit une demeure princière ou luxueuse (les hôtels du Marais), soit un édifice important, le siège d'un service public (l'hôtel des Postes), ou encore une «maison meublée et gérée commercialement» où l'on accueille des voyageurs.

V. 33. *Et dist Bertrans*

Pour annoncer au public l'intervention d'un autre personnage, le trouvère recourt parfois à une formule stéréotypée comportant un verbe déclaratif (le plus souvent *dire* au présent ou au passé simple de l'indicatif), toujours suivi du nom du nouveau locuteur et quelquefois précédé de la conjonction *Et*. Voir les vers 49, 62, 282, 417, 421, 428,

437, 441, 449, 470, 506, 508, 589, 591, 709, 713, 719, 900, 916, 928, 954, 998, 1021, 1137, 1144, 1145, 1162, 1189, 1245, 1271, 1322, 1344, 1448. Sur ces formules, voir Claude Lachet, *La Prise d'Orange ou la Parodie courtoise d'une épopée*, pp. 137-139.

V. 34. *piece*

Ce mot qui remonte au gaulois **pettia* signifie étymologiquement morceau, fragment. Il offre aussi jusqu'au XVIIᵉ siècle une acception temporelle : c'est un bout de temps, un certain espace de temps, un moment. Tandis que la locution *grant piece* se traduit par «un long moment, longtemps», *piece a* (ou *pieça*) veut dire : «il y a longtemps, depuis longtemps, jadis».

V. 35. *oï*

Le verbe *oïr* qui provient du latin *audire* est usuel au Moyen Âge pour désigner l'action de percevoir les sons et les bruits par l'oreille. Les formes trop brèves de ce verbe, les homophonies gênantes avec celles de l'auxiliaire *avoir* ont entraîné son abandon au profit d'*entendre*. *Ouïr* subsiste cependant avec l'impératif *oyez* (formule de proclamation du héraut), avec l'expression *par ouï-dire* et avec l'adjectif *inouï*.

V. 39. «*Moi et vos*»

Contrairement à l'usage moderne de la politesse, dans l'ancienne langue le pronom de la première personne précède celui de la deuxième ou de la troisième. Voir, à ce sujet, Philippe Ménard, *Syntaxe de l'ancien français*, p. 77.

V. 44. *Ot le Guillelmes, s'en a un ris gité*

La première partie du décasyllabe est occupée par une formule stéréotypée, destinée à signaler au public le changement de personnage à l'intérieur de la laisse. En principe, alors que le second hémistiche décrit sa réaction (joie, chagrin, colère, confusion), le premier comprend un verbe sensoriel (d'ordinaire *oïr* ou *veoir* à l'indicatif présent) et le nom du nouvel actant à la césure épique.
1) *Ot + le* (pronom personnel, cas régime) + nom
Cf. vers 44, 79, 102, 292, 335, 459, 478, 489, 604 (leçon du manuscrit), 612, 995, 1001, 1015, 1230, 1299, 1306, 1452.

172

2) *Voit* + *le* + nom

Cf. vers 58, 465, 668, 722, 793, 1006, 1011, 1334.

Quant au rire de Guillaume, il fuse à diverses reprises dans la chanson (v. 459, 478, 995, 1001, 1230) et est considéré comme un trait caractéristique du héros. Voir *Le Couronnement de Louis*, v. 1478, 1700; *Aliscans*, v. 3657a, 4349, 4590, 7754; *Moniage Guillaume II*, v. 1181, 5716, 5957, 5974. Dans *La Prise d'Orange* où il fait plus rire qu'il ne rit lui-même, son neveu Bertrand craint que les Sarrasins ne reconnaissent son oncle à la bosse de son nez et à son rire: «*Connoistront vos a la boce et au rire*» (v. 338). Jean Frappier a brillamment dégagé les significations de ce rire: «Ce rire de Guillaume exprime la vaillance, la franchise, l'énergie supérieure à l'adversité [...], le mépris des bassesses et parfois l'ironie à l'égard de lui-même. On peut saisir encore d'autres nuances dans la gaieté de ce personnage humain et très vivant: le goût de la moquerie, tantôt sarcastique, tantôt voilée d'humour, tantôt affectueuse, le plaisir de la ruse, de la mystification, des bons tours joués aux païens...» (*Les Chansons de geste du cycle de Guillaume d'Orange*, Paris, SEDES, t. I, 1955, p. 97).

V. 50. *repaire*

Le verbe *repairier* provient du bas latin, formé sur *patria*, *repatriare* (= «rentrer dans sa patrie, chez soi»). *Repairier* signifie «retourner, revenir dans un endroit familier», puis par extension «demeurer, séjourner». Il est également employé en vénerie pour l'animal sauvage qui se trouve au gîte.

Le déverbal *repaire* offre plusieurs acceptions: «retour»; «endroit où l'on retourne, demeure, habitation»; «gîte des bêtes sauvages». À partir du XVIIe siècle, la graphie distingue deux termes: *repaire* (lieu de refuge pour les animaux ou des individus dangereux) et *repère*, rapproché à tort du latin *reperire* (= retrouver) qui désigne le retour à un point déterminé, la marque servant à retrouver un emplacement.

V. 51. *Li cuens Guillelmes fu molt gentix et ber*

Ce décasyllabe stéréotypé, identique au vers 29, peut commencer une laisse, annoncer un rebondissement ou un changement de plan. Il prouve le caractère composite de cette première strophe qui présente plusieurs séquences:

173

prologue, reverdie, retour de la chasse, rencontre de Bertrand qui informe Fierebrace de l'ingratitude royale, entrée de Guillaume au palais, début de l'altercation entre Louis et le héros.

V. 53. *l'olivier ramé*

La présence d'un olivier est pour le moins surprenante à Paris. C'est un élément de décor conventionnel, «un trait de stylisation épique» (Jean Frappier, *op. cit.*, t. II, p. 199). Cf. *Aliscans*, v. 2704, 2851, 2900 (à la cour de Laon). L'olivier symbolise la sagesse, la justice et la paix. Ce serait en quelque sorte l'annonce antithétique de la fureur de Guillaume provoquée par l'injustice du roi. Sur cet arbre, voir Jean Dufournet, *Villon: ambiguïté et carnaval*, Paris, Champion, 1992, pp. 178-190.

V. 54. *degré*

Formé à partir du latin *gradus* («pas, marche, échelle») et du préfixe *de*, *degré* signifie une marche et par extension l'ensemble d'un escalier. Concurrencé au sens concret par *marche*, le substantif s'est alors spécialisé dans les emplois figurés.

V. 55. *vertu*

Du latin *virtutem*, ce substantif offre plusieurs significations :
1) force physique, énergie ;
2) puissance, vigueur, efficacité ; on parle encore aujourd'hui de la vertu curative d'une plante ;
3) qualité, propriété ;
4) puissance morale, courage ;
5) puissance divine, miracle ;
6) qualité de l'âme ; on distingue trois vertus théologales et quatre vertus cardinales.

V. 56. *Rompent les hueses del cordoan soller*

Par un effet de distanciation humoristique, le trouvère use du procédé de l'agrandissement épique pour un détail relatif au costume du héros. Jean-Charles Payen explique bien le comique de la scène : «... quand il entre en scène, Guillaume rompt les jambières de sa chaussure. Voilà qui couperait ses effets à un acteur tragique ! La colère de

174

Guillaume pourrait être pathétique: or, nous sourions, et la tragédie est un peu désamorcée, au moment même où elle se noue» («*Le Charroi de Nîmes*, comédie épique?», *Mélanges Jean Frappier*, Genève, Droz, 1970, t. II, p. 892).

V. 60. «*Non ferai*»

En refusant de s'asseoir et d'obéir à l'invitation pressante du roi (v. 59), Guillaume montre son esprit d'indépendance. Il reste debout afin de dominer physiquement de toute sa stature le souverain.

V. 62. «*Si com vos commandez*»

On assiste à un renversement des rôles puisque le roi se soumet au chevalier. Cf. v. 49 (où la même formule est placée dans la bouche de Bertrand qui exécute l'ordre de son oncle), 122, 828, 858, 1272.

V. 64. «*Looÿs, frere*»

Selon Jean Frappier, ce terme de politesse «n'implique pas nécessairement en ancien français un lien de parenté; il n'est pas dépourvu ici d'ironie» (*op. cit.*, t. II, p. 201, note 1).

V. 65. «*Ne t'ai servi*»

Dans son article «À propos de l'édition du *Charroi de Nîmes*», *L'Information littéraire*, 1968, pp. 32-33, Claude Régnier estime que le vers proposé par A: «*Molt t'ai servi...*» n'a pas de sens; il est impensable que le comte se vante d'avoir passé son temps à *tastoner* le roi (l'avoir massé pour l'endormir); la comparaison avec CD fait penser à un bourdon sur *servi* et permet de restituer: «*Molt t'ai servi (si ne m'as rien doné; / Mais d'une chose te dirai verité: / Ne t'ai servi) par nuit de tastoner.*» Il nous a paru nécessaire de corriger le manuscrit à moins que l'on ne considère le propos de Guillaume comme ironique.

V. 65. *tastoner*

Il s'agit d'une pratique médiévale consistant à masser et à gratter le corps pour lui procurer un délassement propice au sommeil. Cf. *Aiol*, v. 2159: *Douchement le tastone por endormir*; *Chanson de Guillaume*, v. 1486: *Guiburc la franche l'i tastunad suef*; *Aliscans*, v. 4518: *Toute nuit fu de*

Guiborc tastonez; Siège de Barbastre, v. 2850; *Merveilles de Rigomer*, v. 2607; *Sone de Nansay*, v. 6604 et 6941. Sur ce sujet, voir Caroline Cazanave, «Étude de mœurs et de vocabulaire: "Grater" et "Tastoner" au XIIᵉ et au XIIIᵉ siècles», *Pratiques du corps, médecine, hygiène, alimentation, sexualité*, Publications de l'Université de La Réunion, 1985, Diffusion Didier-Érudition, pp. 41-71.

V. 66. «*De veves fames, d'enfanz desheriter*»

On se souvient des leçons de Charlemagne à son fils dans *Le Couronnement de Louis*, v. 153-154 et 178-179: «*Ne orfe enfant por retolir son fié, / Ne veve feme tolir quatre deniers.*» La protection des faibles et des opprimés, notamment des orphelins et des veuves, trouve son origine dans l'Ancien Testament. Ce devoir fait partie de la mission royale puis de l'éthique chevaleresque. Voir Jean Flori, *L'Idéologie du glaive. Préhistoire de la chevalerie*, Genève, Droz, 1983, et *L'Essor de la chevalerie*, Genève, Droz, 1986.

V. 70. «*Dont le pechié m'en est el cors entré*»

Ces remords d'avoir provoqué la mort de jeunes gens donnent davantage de profondeur et de complexité au personnage de Guillaume. Cf. v. 273-275 et *Le Moniage Guillaume II*, v. 45-48: *Dont s'apensa Guillaumes au cort nés / Que mout a mors Sarrasins et Esclers / Maint gentil home a fait a fin aler; / Or se vaura envers Dieu amender.*

V. 78. *moillier*

À la suite d'une restriction sémantique, ce substantif issu du latin *mulierem* (qui signifie: toute personne de sexe féminin) désigne une femme mariée; il remplace ainsi le vieux terme *oissour* (du latin *uxorem*) avant de disparaître lui-même au XVᵉ siècle au profit de *feme*.

Le roi propose à Guillaume d'attendre la mort d'un de ses pairs pour tenir le fief du défunt et épouser sa veuve. En effet, comme le rappelle Jean Frappier, «une terre ne devait pas tomber en quenouille» (*op. cit.*, t. II, p. 202, note 1).

V. 83. *auferrant*

Provenant de l'arabe *al-faras* (c'est-à-dire le cheval), ce terme a changé de suffixe sous l'influence de l'adjectif de couleur *ferrant* (autrement dit: gris de fer). Il désigne un cheval de bataille. Il est aussi adjectif épithète de *destrier* (v. 242, 1415) ou de *corsier* (v. 552), au sens de «fougueux, impétueux».

V. 85. *avaler*

Ce verbe, formé sur l'adverbe *aval*, indique l'action de «descendre ou de faire descendre», puis, par restriction sémantique, le fait de «faire descendre un aliment par le gosier». Dans *Le Charroi de Nîmes*, le verbe *descendre* s'applique à un cavalier qui met pied à terre. Cf. v. 53, 358, 557, 720, 1103.

V. 94. *«Looÿs, sire», dit Guillelmes li fers*

La troisième laisse s'ouvre par un vers d'intonation construit selon un schéma de type déclaratif. Le plus souvent le discours commence dès la première partie du décasyllabe avec une apostrophe désignant le destinataire, tandis que la seconde comprend le verbe déclaratif suivi du nom du destinateur. Cf. v. 106, 115, 153, 182, 256, 278, 294, 315, 328, 404, 444, 490, 512, 538, 580. Sur ce sujet, voir Claude Lachet, «Les vers d'intonation dans la chanson de geste d'*Ami et Amile*», *Ami et Amile, une chanson de geste de l'amitié*, Paris, Champion, 1987, pp. 93-105.

V. 95. *losangier*

Ce mot très fréquent en ancien français signifie: «flatteur», «enjôleur», «menteur», d'où «traître», «fourbe». Dans la lyrique courtoise, les *losengiers* sont des personnages médisants qui, par envie et méchanceté, n'hésitent pas à épier les amants, à les calomnier et à les dénoncer.

V. 108. *«Gaifier ne autre, ne li rois d'Apolis»*

À moins qu'il ne s'agisse d'une erreur du remanieur, Louis ne semble pas avoir compris les propos de Guillaume (v. 97-98), puisqu'il fait de Gaifier, roi de Spolète, deux personnages distincts. Commentant ce même passage, Jean-Charles Payen juge le roi de France «dérisoirement comique» dans la mesure où il répond «que si Gaifier ou le roi de Spolète ont l'audace de s'attaquer à ses hommes, il les en châtiera cruellement: double trait comique, car Louis semble bien ne pas se souvenir que Gaifier et le roi d'«Apolis» ne font qu'un [...]; et le roi serait d'autre part bien en peine de vaincre Gaifier sans l'appui de Guillaume, ce qui transforme sa boutade en pure et simple rodomontade» (*op. cit.*, pp. 892-893).

V. 115. *mesnie*

Du latin *mansionata*, dérivé de *mansionem* et de *manere*, la *mesnie(e)* rassemble tous ceux qui vivent dans le même foyer, parents ou non. Le terme désigne aussi la suite, la compagnie d'un roi ou d'un puissant seigneur, l'escorte de ses hommes d'armes, l'ensemble des familiers et des serviteurs.

V. 118. *somiers*

Issu du bas latin *sagmarium* («bête de somme»), le *somier* est un cheval de charge qui porte les tentes, les coffres, les bagages et toutes les pièces de l'armement. Placer un chevalier sur un *somier* est un châtiment humiliant. Convaincu de la trahison de Ganelon, Charlemagne le met, enchaîné comme un ours, sur une telle monture (*Chanson de Roland*, v. 1828).

V. 123. *Sor un foier est Guillelmes montez*

Selon Jean Frappier, «Guillaume monte sans doute sur l'encadrement de pierre délimitant un foyer dont la fumée s'échappe par le toit et non par une cheminée» (*op. cit.*, t. II, p. 203, note 1).

V. 126. *Par tel vertu que par mi est froez*

À nouveau l'auteur détend l'atmosphère dramatique par l'incident burlesque de l'arc brisé. L'hyperbole, procédé de la célébration épique, ne concerne ici qu'un geste excessif, maladroit et comique de Guillaume. «C'est un comique assez gratuit: le jongleur pouvait faire l'économie de ces notations qui n'interviennent que pour amuser l'auditoire» (Jean-Charles Payen, *op. cit.*, p. 893).

V. 131. *Si grant servise seront ja reprové*

La correction de *Mi* en *Si* est suggérée par Claude Régnier qui observe que toutes les répliques de Guillaume sont construites de la même façon; elles commencent par une apostrophe au roi: «*Looÿs, frere*» (v. 64), «*Looÿs, sire*» (v. 94 et 182), «*Looÿs, rois*» (v. 153); le second hémistiche comprend le verbe déclaratif et le nom du héros : *dit Guillelmes le ber* (v. 64), *dit Guillelmes li fers* (v. 94), *dit Guillelmes li saiges* (v. 153), *dit Guillelmes li prouz* (v. 182). Il est somme toute logique de croire que la nouvelle intervention de Fierebrace ne commence qu'au vers 133 : *«Looÿs, sire»*, *dit Guillelmes le ber*. Le remanieur de B a d'ailleurs ajouté le vers 130a : *«En nom Dieu»*, *dit Guillelmes li berz*, pour reprendre la formule introductive du discours (voir Claude Régnier, «Compte rendu de la deuxième édition revue et corrigée du *Charroi de Nîmes* par Duncan McMillan», *Revue de Linguistique Romane*, t. 46, 1982, p. 212).

Reprover, du latin *reprobare*, a été traduit par «reprocher», avec ce sens particulier encore en usage dans la langue classique : «reprocher un bienfait, un service à quelqu'un : le lui rappeler en l'accusant d'ingratitude».

V. 134. *«grant»*

La répétition de l'adjectif *grant* (v. 131, 132, 134) tend à assimiler les services de Guillaume à de véritables travaux d'Hercule.

V. 136. *«La combati vers Corsolt l'amiré»*

Guillaume commence le rappel des services accomplis pour le roi et narrés dans *Le Couronnement de Louis* par son terrible combat contre le Sarrasin Corsolt, un duel dont son visage porte désormais la marque. Irrité par l'ingratitude de Louis, le héros ne respecte pas l'ordre chronologique des événements rapportés dans *Le Couronnement de Louis*. Comme le souligne Jean Frappier, «n'est-il pas tout naturel que dans la scène initiale du *Charroi*, Guillaume, emporté par la colère, jette les reproches au visage de Louis sans se contraindre à respecter le plan du *Couronnement*, qu'il rappelle ses exploits et ses "grands services" comme ils lui viennent brusquement à l'esprit? On a le droit d'estimer que l'ordre de l'énumération est purement affectif» (*op. cit.*, pp. 54-55).

V. 137-138. *«Le plus fort home de la crestïenté / N'en paiennisme que l'en peüst trover»*

Cette formule hyperbolique insiste sur la force extraordinaire de l'adversaire de Fierebrace. Une construction analogue traduit la merveilleuse beauté d'Orable : *«C'est la*

179

plus bele que l'en puisse trover / En paienie n'en la crestïenté» (v. 523-524).

V. 140. *heaume*

Issu du francique **helm*, le heaume est un casque ovoïde ou conique, en acier, muni sur le devant d'une pièce de fer appelée *nasal* (v. 142), destinée à protéger le nez. Renforcé parfois de bandes métalliques, le heaume couvrait la tête et le visage ; il s'attachait au capuchon du haubert par des lacs en cuir. Il était souvent magnifique, cannelé (*vergié* au vers 244), orné d'or et de pierreries (v. 140 et 859) et étincelant (v. 867). Voir May Plouzeau, « *Vert heaume*, approche d'un syntagme », *Les Couleurs au Moyen Âge*, Senefiance nº 24, Aix-en-Provence, 1988, pp. 589-650.

V. 145. « *Grant fu la boce qui fu au renoer* »

Il est utile de rappeler l'évolution de la légende du nez de Guillaume. Son nez, explique Jean Frappier, « a peut-être une origine historique, si du moins le surnom de *Naso* donné à Bernard de Septimanie, fils de Guillaume de Toulouse, permet de supposer qu'un nez ostentatoire était héréditaire dans la famille. En tout cas, il est à peu près certain que le Guillaume de la légende épique s'est appelé d'abord *al corb nés*, "au nez recourbé" ; son trait distinctif était seulement d'avoir un nez busqué, aquilin ou crochu comme d'autres ont un nez camard ou épaté ; l'accord de la "Nota Emilianense" [cf. ci-dessus p. 10], qui cite *Ghigelmo alcorbitanas*, du faux diplôme de Saint-Yrieix, qui mentionne *Guillelmus Curbinasus*, et de la *Chanson de Guillaume*, qui emploie couramment l'épithète d'*al curb niés*, paraît convaincant à cet égard » (*op. cit.*, t. I, pp. 89-90). Probablement à la suite d'une confusion le nez *corb* est devenu *cort*, c'est-à-dire court ou plutôt raccourci. En effet, l'auteur du *Couronnement de Louis* eut le mérite de transformer un trait physique disgracieux en une mutilation héroïque subie au service de la chrétienté, en une blessure symbolique du sacrifice du chevalier pour son Dieu. Le trouvère du *Charroi de Nîmes* innova à son tour. Soucieux de concilier les deux traditions du nez courbe et du nez court, il imagina la formation d'une bosse provoquée par la maladresse du médecin chargé de suturer la plaie. Il est également question de cette excroissance nasale dans *La Prise d'Orange* (v. 338) et dans *Aliscans* (v. 2033, 2054, 4238 : *Voit sor le nés la boce aparissant*).

V. 146. «*Mal soit del mire qui le me dut saner!*»

Si la locution *mal soit...* exprime ici une forte négation, il faut traduire le vers ainsi : «Aucun médecin ne put me le soigner.»

En ancien français, deux termes désignent le médecin : *mire*, issu du latin *medicus*, et *fisicien*, formé sur *fisique*. Dans quelques textes, une différence d'emploi apparaît entre les deux substantifs : tandis que les médecins les plus savants et expérimentés sont appelés *fisiciens*, les moins compétents sont dénommés *mires*. Voir *Cligés*, éd. A. Micha, v. 5631 sqq., *Roman de Renart*, br. X, éd. Jean Dufournet, v. 1416-1444, et le fabliau intitulé *Le vilain mire*. Sur ce sujet, on consultera avec profit Jean Dufournet, *Adam de la Halle à la recherche de lui-même*, Paris, SEDES, 1974, pp. 241-243.

V. 147-148. «*Por ce m'apelent Guillelmë au cort nes. / Grant honte en ai quant vieng entre mes pers*»

Si désormais le héros semble accablé par un sobriquet qu'il juge humiliant, il ne faut pas oublier que dans *Le Couronnement de Louis* c'est lui-même qui se désigne fièrement par ce glorieux surnom : «*Mais que mon nes ai un pou acorcié ; / Bien sai mes nons en sera alongiez.*» / *Li cuens meïsmes s'est iluec baptisiez : / «Des ore mais, qui mei aime et tient chier, / Trestuit m'apelent, Franceis et Berruier, / Conte Guillelme al Cort Nes le guerrier*» (v. 1159-1164).

V. 150. *dahé ait*

Cette formule de malédiction se décompose ainsi : *De* (ou *Da*) *hé ait* ; «qu'il ait la haine de Dieu». Cette locution équivaut parfois à une forme intensive de négation.

V. 150. *espié*

Devenu en français moderne *épieu*, ce substantif désignait le plus souvent dans l'ancienne langue une lance. À quatre reprises l'auteur souligne l'aspect tranchant de cette arme offensive (v. 246, 1066, 1142, 1418). Les lances peuvent être «niellées» (v. 863), c'est-à-dire incrustées d'émail noir.

V. 151. *escu*

Issu du latin *scutum*, l'*escu* est un bouclier oblong, arrondi vers le haut, terminé vers le bas par une pointe permettant de le ficher en terre, et muni, au centre de sa face extérieure, d'une bosse de métal, appelée boucle, d'où la locution *escus bouclez* (v. 862). Arme défensive, l'écu est formé de planches de bois cintrées dans le sens transversal, recouvertes de cuir assujetti sur le bois par des clous, et reliées par des bandes métalliques. Les matériaux utilisés dans la fabrication expliquent la solidité et le poids des boucliers, souvent qualifiés de *bons* (v. 1142), *forz* (v. 862, 1417) et *pesanz* (v. 1067, 1142, 1417, 1424). Le chevalier suspend son écu au cou à l'aide d'une courroie nommée la *guiche*, mais au cours du combat, il «embrasse» le bouclier; autrement dit, il passe son avant-bras gauche dans deux attaches en cuir, les *enarmes*.

V. 151. *palefroi*

Issu du bas latin *paraveredum*, signifiant «cheval de renfort», formé de la préposition grecque *para* («auprès de») et du gaulois *veredum* («cheval»), le *palefroi* est un cheval de promenade, de voyage et de parade. Sur le cheval, voir Jean Dufournet, *Cours sur la Chanson de Roland*, Paris, CDU, 1972, pp. 77-89, et *Le Cheval dans le monde médiéval*, Senefiance n° 32, Aix-en-Provence, 1992.

V. 152. *brant d'acier o le pont*

L'épée se compose de deux parties essentielles: la lame d'acier désignée par le terme *brant* (v. 139, 143, 152, 197, 356) et la poignée (*enheudeure* en ancien français) qui comprend les deux quillons (*heuz* dans l'ancienne langue) formant la garde, puis la poignée proprement dite ou fusée, enfin le pommeau (*pont* en ancien français), sorte de tête arrondie qui termine la poignée. Voir Jeanne Wathelet-Willem, «L'épée dans les plus anciennes chansons de geste. Étude de vocabulaire», *Mélanges René Crozet*, Poitiers, 1966, t. I, pp. 435-449.

V. 156. *fier*

Provenant du latin *ferum* («sauvage, féroce»), cet adjectif est ambivalent, tantôt favorable, tantôt défavorable. En effet, selon les contextes, il peut se traduire par «farouche», «vaillant», «audacieux», «magnifique», mais aussi par «cruel», «violent», «terrible». Cette dualité s'est maintenue en français moderne comme l'attestent par exemple les expressions «un cœur fier» et «faire le fier».

V. 157-159. «*Pris Dagobert*»

La victoire de Guillaume sur Dagobert de Carthagène (en Espagne) est brièvement évoquée dans *Le Couronnement de Louis* (v. 2025-2029). Le vaincu devint le vassal de Louis.

V. 163. «*Quant Challemaine volt ja de vos roi fere*»

Il s'agit du rappel de la scène du couronnement qui se déroula dans la chapelle d'Aix (voir *Le Couronnement de Louis*, v. 39-160). À cause de son grand âge, l'empereur y fit annoncer son intention de renoncer à la couronne et de la donner à son fils.

V. 164. «*Et la corone fu sus l'autel estable*»

La séquence initiale du *Couronnement de Louis* était centrée sur la couronne d'or placée sur l'autel, symbole de la monarchie de droit divin : *Et la corone mise desus l'altel* (v. 48). Tous les regards convergeaient vers elle, d'où les nombreuses occurrences de ce substantif (v. 20, 48, 55, 63, 69, 72, 78, 85, 142) et du participe passé *coronez* (v. 26, 46, 69).

V. 165. «*Tu fus a terre lonc tens en ton estage*»

Le jeune Louis, apeuré, n'osa pas s'approcher de la couronne. Voir *Le Couronnement de Louis*, v. 87 : *Ot le li enfes, ne mist avant le pié.*

V. 166-168. «*François le virent que ne valoies gaire : / Fere en voloient clerc ou abé ou prestre, / Ou te feïssent en aucun leu chanoine*»

Dans *Le Couronnement de Louis* (v. 95-98), Charlemagne, furieux de la couardise de Louis, songeait seulement à le placer dans une église comme marguillier, sonneur de cloches. Le fait d'engager dans la vie religieuse un incapable témoigne de l'hostilité entre chevalerie et clergie. Tandis que les ecclésiastiques reprochent aux guerriers leur violence de brutes sanguinaires et leur manque de spiritualité, de leur côté les chevaliers considèrent les moines comme des parasites paresseux, goinfres, débauchés et lâches. Voici par exemple les propos que Guillaume adresse à l'abbé d'Aniane dans le *Moniage Guillaume II* (v. 513-521): «*Assés vaut mieus ordene de chevalier: / Il se combatent as Turs et as païens, / Por l'amor Dieu se laissent martirier, / Et sovent sont en lor sanc batisié, / Por aconquerre le regne droiturier. / Moine ne voelent fors que boire et mengier, / Lire et canter et dormir et froncier, / Mis sont en mue si com por encraissier, / Par maintes fois musent en lor sautier.*» Voir aussi *Aspremont*, v. 118-121: «*Nos devons molt les chevaliers amer: / Quant nos seons a nostre halt disner, / Et nos servons de matines canter, / Il se combatent por la tiere garder.*»

V. 173-174. «*Ge li donai une colee large, / Que tot envers l'abati sor le marbre*»

Dans *Le Couronnement de Louis* (v. 124-133), Guillaume tue Herneïs (Arneïs) d'Orléans en lui brisant les vertèbres cervicales d'un terrible coup de poing (voir la note des vers 742-746).

V. 179. «*Pris la corone, sor le chief l'en portastes*»

En couronnant lui-même Louis, devant l'empereur et le pape, Guillaume s'institue protecteur temporel et spirituel de la royauté. Voir *Le Couronnement de Louis*, v. 142-144: *Veit la corone qui desus l'altel siet: / Li cuens la prent senz point de l'atargier, / Vient a l'enfant, si li assiet el chief.* Dans *Aliscans* (v. 3142-3148), Fierebrace rappelle de nouveau à Louis son intervention décisive: «*Vil te tenoient tuit cil de la contree. / De toi fust France tote desheritee / Ja la corone ne te fust otroiee, / Quant j'en sofri por toi si grant mellee / Que maugré aus fu en ton chief posee / La grant corone, qui d'or est esmeree, / Tant me douterent n'osa estre veee.*»

V. 183. *cuvert*

Ce mot provient du latin *collibertum* qui désignait un co-affranchi. Même si au Xe siècle les *colliberti* étaient moins soumis que les serfs et pouvaient être affranchis, après la fusion des diverses catégories de paysans, le *cuvert* est devenu soit un synonyme de serf, soit une injure soulignant la bassesse de l'extraction et la vilenie d'un individu.

Ce *cuvert orgueillous*, ce *Normant orgueillous* (v. 194)

n'est autre qu'*Acelin l'orgoillos* (*Couronnement de Louis*, v. 1785), le fils de Richard de Normandie qui voulut s'emparer du trône à la mort de Charlemagne mais fut tué par Guillaume (*Couronnement de Louis*, v. 1935-1939).

V. 192. *Saint Michiel del Mont*

Après une apparition de l'Archange, l'évêque d'Avranches Aubert consacra à saint Michel un oratoire édifié sur le Mont, vers 709. Plus tard, en 966, Richard Ier, duc de Normandie, y fonda une abbaye bénédictine. À partir du XIe siècle, le Mont-Saint-Michel devient un haut lieu de pèlerinage.

Alors que dans *Le Couronnement de Louis*, v. 2050-2051, Guillaume qui parcourt le pays afin de soumettre les vassaux rebelles séjourne deux jours au Mont Saint-Michel, dans *Ami et Amile*, deux fidèles serviteurs conduisent Ami, atteint par la lèpre, jusqu'au bord de la mer, face au Mont (v. 2611-2624).

V. 193. «*Et j'encontrai Richart le viel, le ros*»

C'est une allusion à l'embuscade tendue par le père d'Acelin et narrée dans *Le Couronnement de Louis* (v. 2062-2222). Les qualificatifs *le viel* et *le ros* figuraient déjà dans *Le Couronnement de Louis* (v. 2057, 2103, 2108, 2114, 2199).

Si le roux, couleur du feu infernal, est l'un des traits de la laideur physique, il symbolise aussi la félonie. Selon la tradition, Judas avait les cheveux roux. Voir Jean Chevalier et Alain Gheerbrant, *Dictionnaire des symboles*, Paris, Robert Laffont, Bouquins, 1982, pp. 833-834; Jacques Ribard, *Le Moyen Âge. Littérature et symbolisme*, Paris, Champion, 1984, pp. 48-50, et Michel Pastoureau, *Couleurs, images, symboles*, Paris, Le Léopard d'or, 1989, pp. 69-83.

V. 203. «*Rois, quar te membre de l'Alemant Guion*»

Du vers 203 au vers 252, l'auteur retrace le quatrième épisode du *Couronnement de Louis* (v. 2226 à 2648): à la mort du pape, de Guaifier et de Galafre, Gui d'Allemagne s'empare de Rome et revendique l'empire. Guillaume secourt tout d'abord le camp des Français attaqué à l'improviste par mille chevaliers sous la conduite d'un «pair de Rome» (v. 2291) — nommé Oton dans *Le Charroi de Nîmes* (v. 213) — avant de vaincre l'usurpateur en combat singulier. Le trouvère du *Charroi de Nîmes* inverse les faits. Pour

Jean Frappier, «c'est moins sans doute par confusion que de propos délibéré. Encore une fois la remontrance tumultueuse de Guillaume ne s'astreint pas à un ordre logique et chronologique. Sa composition est commandée par la colère et le ressentiment. On ne s'étonnera pas que le rappel des "grands services" s'achève par la circonstance la plus humiliante pour Louis et par l'image du roi couard en fuite à travers le camp» (*op. cit.*, t. II, p. 212).

V. 206. *la cit de Loon*

La ville de Laon, souvent mentionnée dans les chansons de geste comme résidence de Charlemagne et de Louis, ne fait figure de capitale que pour les derniers Carolingiens, de 936 (sacre de Louis IV) à 988 (date à laquelle Charles de Basse-Lorraine y est couronné).

V. 208. *le confenon*

Composé du terme *gund* («bataille») et du francique *fano* («morceau d'étoffe»), le *gonfanon* ou *gonfalon* désigne la bannière de combat, faite d'une bandelette à plusieurs pendants en pointe et suspendue à une lance. Le porteur du gonfanon royal avait le titre de *gonfanonier*.

V. 212. *un dromon*

Du latin *dromonem* («navire long et léger»), issu lui-même du grec, un *dromon* est un vaisseau rapide à rames, une sorte de croiseur.

V. 213. *ost*

Du latin *hostem* («ennemi»), l'*ost* possède trois valeurs essentielles en ancien français :
1) l'armée, les troupes ;
2) la guerre, l'expédition militaire et même le combat ;
3) le camp, le siège : le tour *cil de l'ost* ou l'*ost* désigne comme la locution *cil dehors* : les assiégeants, par opposition à *cil del chastel* ou *cil dedens* : les assiégés.

V. 217. *pré Noiron*

Cette expression définit l'emplacement de Saint-Pierre de Rome et du Vatican. En effet, la première église chrétienne aurait été construite à la place des jardins et du cirque de Néron où de nombreux chrétiens furent exécutés et où saint Pierre subit le martyre.

V. 218. *paveillon*

Provenant du latin *papilionem* («papillon» et plus tard «tente»), *paveillon* dénomme une grande tente, somptueuse, conique et terminée par un sommet en pointe.

V. 223. *cuidas*

Issu du latin *cogitare* («songer, méditer»), le verbe *cuidier* signifie en ancien français «penser». Mais à l'inverse du verbe *croire* (du latin *credere*), qui dénote une opinion digne de confiance, *cuidier* révèle plutôt une pensée incertaine, voire erronée, une simple hypothèse, et se traduit souvent par «(s')imaginer», «supposer». Le verbe a deux autres valeurs : «vouloir, prétendre» ; «faillir, manquer de, être sur le point de». S'il sort de l'usage à partir du XVIIe siècle, deux dérivés subsistent encore dans la langue moderne : *outrecuidant* et *outrecuidance*.

V. 234. *seneschal*

D'après son étymon francique *siniskalk*, attesté en bas latin sous la forme *siniscalcus*, le sénéchal est le serviteur le plus âgé. Les fonctions de cet officier du palais varient selon les époques : tandis que sous les Mérovingiens il est chargé du service du ravitaillement, sous les Carolingiens il devient le chef de la domesticité royale. Son rôle s'accroît encore avec les Capétiens puisqu'il commande l'armée, rend la justice au nom du souverain et contrôle toute l'administration domaniale. Inquiet de l'influence prise par ce grand personnage, Philippe Auguste en supprime l'office en 1191.

V. 235. «*D'un tref en autre t'en fuioies a pié*»

La couardise de Louis s'enfuyant et appelant Guillaume et Bertrand à son secours était déjà évoquée par le poète du *Couronnement de Louis*, v. 2311-2315 : *Et Looïs s'en vait fuiant a pié, / De tref en autre se vait par tot mucier; / A sa voiz crie : «Bertrans, Guillelme, ou iés? / Filz a baron, car me venez aidier. / Si Deus m'aït, or en ai grant mestier.»*

187

V. 242. *destriers*

Ce substantif tire son origine du mot *destre* (issu du latin *dextera*) signifiant « main droite ». En effet, l'écuyer menait de la main gauche son propre cheval — un *roncin*, monture subalterne (voir la note du vers 642) — et simultanément conduisait de la main droite le *destrier* de son seigneur, quand ce dernier chevauchait son *palefroi*. Le *destrier* est un cheval de bataille, vigoureux et fougueux.

V. 245. *l'escharbocle*

Il s'agit d'un emprunt au latin *carbunculum* (« petit charbon »), diminutif de *carbonem*. L'escarboucle qui ə la couleur du charbon ardent est la pierre précieuse la plus lumineuse. C'est pourquoi le trouvère de la *Chanson de Roland* la place au sommet des mâts pour éclairer la marche des navires durant la nuit (v. 2632-2635 et 2643-2644). L'escarboucle orne également le heaume des chevaliers (Cf. *Chanson de Roland*, v. 1356 et *La Prise d'Orange*, v. 975).

V. 248. *Merci cria*

Venant du latin *mercedem* (« salaire, récompense »), merci a pour sens principal : « grâce, pitié, miséricorde ». Des termes synonymes figurent dans la scène originelle du *Couronnement de Louis*, v. 2348-2349 : *Quant il li crie et manaide et pitié : / « Ber, ne m'oci, se tu Guillelmes iés ! »* (Décasyllabe identique au vers 249 du *Charroi de Nîmes*).

Les autres acceptions de *merci* sont : « faveur, cadeau » ; « amende, sorte de redevance » ; enfin le substantif exprime la gratitude pour une faveur déjà accordée ou seulement sollicitée. Depuis le XVIe siècle, les deux valeurs essentielles du mot sont distinguées par le genre : alors que le substantif féminin signifie « grâce », le masculin exprime le remerciement et la politesse. Voir, sur ce sujet, Marie-Luce Chênerie, « Le motif de la merci dans les romans arthuriens des XIIe et XIIIe siècles », *Le Moyen Âge*, 1977, pp. 5-52.

V. 253. *« vos ai tenu le chief »*

Sur la locution *tenir le chief* au sens de « soutenir, aider, protéger, se comporter loyalement à l'égard de son seigneur ou de son vassal », voir John Fox, « Two borrowed expressions in the *Charroi de Nîmes*», *Modern Language Review*, t. 50, 1955, pp. 315-317.

V. 254. *denier*

Issu du latin *denarium* («pièce d'argent valant dix as»), le denier constitue la base de tout le système monétaire à partir de l'époque de Charlemagne. Dans une livre d'argent on taillait 240 deniers; c'est pourquoi la livre vaut vingt sous et un sou douze deniers. Le denier d'argent est l'unique espèce émise du IXe siècle au milieu du XIIIe siècle où il demeure la base de la monnaie de compte. À l'époque moderne, il ne subsiste que dans son dérivé *denrée* (v. 911 et 1478) et dans quelques expressions figées: «les trente deniers de Judas», «les deniers publics», «acheter de ses propres deniers», «le denier du culte», «denier de Saint-Pierre».

V. 255. «*Dant muse en cort*», *m'apelent li Pohier*

La plupart des critiques: Madeleine Tyssens, *La Geste de Guillaume d'Orange dans les manuscrits cycliques*, Paris, Les Belles Lettres, 1967, pp. 105-106, Jean Frappier, *op. cit.*, t. II, p. 214, note 2, et Duncan McMillan, *Le Charroi de Nîmes*, Paris, Klincksieck, 1978, p. 137, reconnaissent que le manuscrit C a sans doute conservé la leçon originale. Leur accord nous a incité à adopter la version C.

V. 262. *druz*

Provenant du terme gaulois *druto* («fort, vigoureux»), *dru* qualifie en ancien français le vassal familier du roi, son favori, puis dans le domaine courtois l'ami intime, l'amant fidèle. On trouve un vers identique dans *Aspremont*, v. 782: «*On soloit dire que j'estoie vos dru.*» Voir Roger Dubuis, «*Dru* et *druerie* dans le *Tristan* de Béroul», *Mélanges Pierre Jonin*, Aix-en-Provence et Paris, Champion, 1979, pp. 221-231, et «La notion de *druerie* dans les *Lais* de Marie de France», *Le Moyen Âge*, t. 98, 1992, pp. 391-413.

V. 267. *feru*

Du latin *ferire*, le verbe *ferir* signifie: «frapper, assener des coups»; seul ou avec le complément *des esperons* il peut désigner l'action d'éperonner; enfin employé pronominalement, il a le sens de «se précipiter». Usuel jusqu'au

XVIe siècle, *ferir*, supplanté par *frapper* au XVIIe siècle, n'est conservé aujourd'hui que dans la locution figée « sans coup férir » et dans le participe passé *féru* : frappé, blessé, puis blessé d'amour, épris, enfin passionné en général.

V. 270. « *Ge tornerai le vermeil de l'escu* »

Sur l'expression *torner le vermeil de l'escu* au sens de « être hostile à quelqu'un, se retourner contre quelqu'un envers qui on a eu des obligations », voir John Fox, *op. cit.*, pp. 315-317.

V. 290. *mar*

La signification de cet adverbe, issu du latin *mala hora*, varie selon le temps du verbe auquel il se rapporte :
1) employé avec un présent, il signifie : « à tort » ;
2) avec un passé simple, il veut dire : « c'est pour mon, ton, son... malheur » ;
3) avec un verbe au futur, il équivaut à une forme renforcée de la négation, à une défense très énergique ;
4) employé avec le verbe être, il se traduit par : « en vain, en pure perte ». Voir Bernard Cerquiglini, *La Parole médiévale*, Paris, éd. de Minuit, 1981, pp. 128-245.

V. 293. *aresonné*

Le verbe *aresonner* (ou *araisnier*), dérivé du latin *rationem*, offre plusieurs acceptions :
1) adresser la parole à quelqu'un, interpeller ;
2) par extension, parler, exposer, discourir ;
3) dans le domaine juridique, accuser, appeler en justice ;
4) à partir du XIVe siècle, convaincre, persuader.
Depuis la fin du XVIe siècle, par spécialisation et restriction sémantique, *arraisonner* se limite au sens technique d'inspecter un navire. En effet, arraisonner un bateau c'est « procéder à un interrogatoire ou à une visite pour vérifier sa nationalité, sa provenance, sa destination, son chargement et, particulièrement en temps de paix, l'état sanitaire de ses passagers ».

V. 294. *frans*

Le mot *franc* n'avait à l'origine qu'une valeur ethnique (le peuple franc), mais à la fin du VIe siècle, il désigne un homme libre avant de qualifier celui qui est noble par sa naissance. Cette signification sociale s'enrichit d'acceptions morales : « généreux », « bon », « affable ». En moyen français l'adjectif s'applique aussi à une personne exempte de redevances (voir les francs-bourgeois ou les francs-archers). Quoique depuis le xviie siècle *franc* dénote surtout la sincérité et la droiture, il garde son sens ancien dans diverses locutions : « franc arbitre », « avoir les coudées franches », « corps franc », « franc-tireur », « coup franc », etc.

V. 295. *« Or voi ge bien, plains es de mautalant »*

Commentant ce vers, Jean-Charles Payen parle d'une « ahurissante constatation d'évidence », d'une « énormité qui, grâce au jeu des laisses similaires, se répète cinq vers plus loin » (*op. cit.*, p. 893).

V. 311. *« Non ferai »*

Pour refuser l'offre du roi, Guillaume use du verbe substitut *faire* mis pour *prendre* (*Prenez* au vers 309) précédé de la forme forte de la négation.

V. 347. *dangier*

Provenant du bas latin **dominarium*, dérivé de *dominus* (« maître, seigneur »), le substantif a pour sens originel : « pouvoir, exercice d'une autorité, domination », et pour sens dérivé : « volonté, caprice ». Il prend également des significations antithétiques attestées en ancien et en moyen français.

1) sens positif : *par dangier* = à volonté, donc à profusion ;

2) sens négatifs :

a) refus, résistance, d'où *sanz dangier* = volontiers ;

b) privation, manque, parcimonie, d'où *sanz dangier* = généreusement, abondamment :

c) tort, embarras, d'où *sanz dangier* = sans difficulté.

À partir du xive siècle apparaît le sens moderne de péril qui a éliminé les autres acceptions au xvie siècle.

V. 357. *« La fist tel parc comme as chiens le sanglier »*

La comparaison d'un guerrier massacrant les ennemis avec un sanglier au milieu des chiens est conventionnelle. Voir *Aiol*, v. 10773-10774 : *Li ber al branc d'achier lor avoit fait tel parc / Comme fait li sengler[s] qui as ciens se combat,*

191

et *Aucassin et Nicolette*, éd. J. Dufournet, X, p. 70, l. 25-30 : *Li vallés [...] fait un caple entor lui, autresi con li senglers quant li cien l'asalent en le forest.* »

V. 361. « *Si s'en foui comme coart levrier* »

C'est la seconde fois que Guillaume assimile le roi en fuite à un chien couard. Voir les vers 235-236 : « *D'un tref en autre t'en fuioies a pié / En la grant presse, com chetif lïemier.* » Par son attitude lâche, le souverain manque à son devoir de protection à l'égard de son vassal.

V. 365. *cortois*

Dérivé du substantif *cort*, cet adjectif désigne d'abord les personnes vivant à la cour. Prenant aussi une signification morale, il s'applique alors aux qualités de cette élite aristo-cratique, dans le cadre féodal (prouesse guerrière) et sur-tout dans la vie mondaine (élégance, distinction, largesse, raffinement des mœurs, politesse exquise). Voir G.-S. Bur-gess, *Contribution à l'étude du vocabulaire pré-courtois*, Genève, Droz, 1970, pp. 20-34.

V. 368. *Si m'aïst Dex*

Cette locution qui signifie : « aussi vrai que je demande à Dieu de m'aider » comporte l'adverbe *si*, le pronom per-sonnel atone *m'*, le verbe *aidier* (à la troisième personne du singulier du subjonctif présent de souhait) et le sujet inversé *Dex*. Par cette formule solennelle, le locuteur prend Dieu à témoin de la véracité de ses propos : « Par Dieu, je vous l'assure... » À la suite d'une confusion entre l'adverbe *si* et la conjonction *se*, le tour se modifie avec l'antéposition du sujet : « *se Dex m'aïst* » (v. 382 et 638).

V. 368. *fel*

L'étymon le plus vraisemblable du terme *fel/felon* est le francique *fillo : « celui qui maltraite les esclaves », d'où « méchant ». Ce mot traduit l'infidélité au code du noble (« traître », « lâche » ou « discourtois ») et envers Dieu (« impie », « infidèle ») ; qualifiant souvent les Sarrasins, il exprime divers défauts : « trompeur », « perfide », « cruel », « féroce ».

V. 378-379. *Cent en i a qui li clinent le chief, / Qui tuit li vont a la jambe et au pié*

Par ces gestes, les chevaliers apparentés au jeune Béranger manifestent leur gratitude, leur déférence et leur soumission, se comportant comme des vassaux envers leur seigneur.

V. 381. *henor*

Issu du latin *honorem* aux sens variés («honneur, charge, magistrature, honneurs rendus à un mort ou à une divinité, honoraires d'un médecin»), le substantif *(h)onor* (ou *enor/anor*) présente au XIIᵉ siècle deux significations principales, une morale : «considération, estime, sentiment de sa dignité», et une concrète : «fief, domaine».

V. 384. «*Ge vos dorrai de Francë un quartier*»

Jean Frappier commente ainsi cette proposition de Louis : «Il devient généreux comme malgré lui, d'une générosité apeurée et zélée qui ressemble à une abdication» (*op. cit.*, p. 217). Le recensement des richesses accordées et la répétition systématique du mot *quart* suggèrent la démesure et l'égarement du souverain. Comme le souligne Jean-Charles Payen, «quelle étrange incohérence que cette énumération qui mélange les abbayes, les marchés, les grands clercs, les hommes d'armes, les "pucelles" et les dames (y a-t-il ici un clin d'œil du jongleur?) et puis de nouveau les clercs, et puis les chevaux, et puis enfin l'empire, le tout devant se dire en quelque sorte d'une haleine!» (*op. cit.*, p. 894.)

V. 387. *serjant*

Issu de *servientem*, participe présent du latin *servire* («servir»), le sergent désigne un serviteur de condition inférieure au *valet*, si celui-ci est noble, mais supérieure au *garçon* (v. 388). Auxiliaire du chevalier, le sergent exerce surtout des fonctions militaires et participe de plus en plus souvent à la bataille. Il est donc un homme d'armes avant de devenir, au XVᵉ siècle, un fonctionnaire royal chargé des missions de police et, dès le XVIᵉ siècle, un sous-officier, responsable notamment de l'enrôlement et de l'instruction des recrues.

V. 388. *vavassor*

Provenant du bas latin *vassus vassorum* («vassal des vassaux»), le vavasseur est un arrière-vassal, en général de petite noblesse, peu fortuné, vivant retiré sur la terre qu'il tient d'un seigneur, lui-même vassal. Les trouvères apprécient particulièrement ces personnages modestes, vertueux, hospitaliers, au comportement courtois et au cœur généreux. À leur sujet, voir Brian Woledge, «Bons vavasseurs et mauvais sénéchaux», *Mélanges Rita Lejeune*, Gembloux, 1969, t. II, pp. 1263-1277.

V. 390. *moustier*

Issu d'une forme latine altérée, *monisterium*, le substantif désigne un monastère, un couvent, une église. Selon André Eskenazi, si le terme *église* définit un «établissement religieux référé au clergé», le *moustier* s'applique à un «établissement religieux référé au public» («*Eglise* et *Mostier* dans les romans de Chrétien de Troyes (BN 794)», *Revue de Linguistique Romane*, t. 52, 1988, pp. 121-137). Le terme ne subsiste plus que dans des toponymes tels que Moustiers-Sainte-Marie et Noirmoutier.

V. 391. *estables*

Le mot *estable* tire son origine du latin *stabulum* («séjour, demeure, auberge, étable, écurie, bergerie»). Au Moyen Âge, il désigne l'endroit couvert où l'on loge les animaux et en particulier les chevaux. C'est au XVIIe siècle que l'étable devient un bâtiment destiné aux bovidés, alors que le terme *écurie* (d'abord l'ensemble des écuyers, puis la fonction d'écuyer) prend le sens d'abri pour les chevaux.

V. 408. *porpenser*

Le préfixe *por* apporte des nuances d'obstination, d'intensité, de durée ou d'achèvement du procès ; *porpenser* c'est donc réfléchir profondément, méditer ou comploter. Quant au verbe *penser* (ou *panser*), il a la même étymologie que *peser*, à savoir le latin *pensare*, fréquentatif de *pendere* («être suspendu», «peser»). Il ressortit à l'activité intellectuelle, liée par son origine à l'appréciation du poids : soupeser des arguments, d'où faire usage de sa réflexion, songer, raisonner, exercer son jugement. L'expression *penser de* signifie : «prendre soin de», «se préoccuper de», puis «soigner» les hommes ou les animaux. À partir du XVIIe siècle, ce dernier sens s'est distingué par la graphie : *panser*.

V. 425. «*Di va*»

Cette interjection qui s'écrit en un ou deux mots est formée de la juxtaposition de deux impératifs : *di* du verbe *dire* et *va* du verbe *aler*. Elle vise à attirer l'attention, exprimant, selon les contextes, l'étonnement, l'indignation, l'impatience, l'exhortation ou le réconfort.

V. 428. *beaux*

Issu du latin *bellus*, l'adjectif qualifie la perfection physique et morale. Outre le sens de «considérable» et «important» qu'il a parfois, il traduit aussi l'affection ou le respect, notamment lorsqu'il est employé en apostrophe ; cette dernière signification («cher») est à l'origine des termes de parenté indirecte : «beau-père», «belle-mère», etc.

V. 433. *loier*

Venant du latin *locarium* («prix d'un emplacement»), le substantif signifie en ancien français «salaire», «récompense», et dès le XIIIe siècle «prix de location», sens qu'il a gardé jusqu'à l'époque moderne.

V. 435. «*Cuit li abatre la corone del chief*»

De même dans *Aliscans*, irrité par l'attitude du roi qui refuse de l'accueillir dans son palais, Guillaume menace de lui ôter la couronne : «*Le roi de France cuit je tost desposer / Et de son chief fors la corone oster*» (v. 2952-2953).

V. 436. «*si la vorrai oster*»

Vorrai est la première personne du singulier du futur de l'indicatif du verbe *vouloir*. Comme l'explique Philippe Ménard, «le verbe vouloir suivi d'un infinitif se met parfois au futur par anticipation, car le sujet parlant pense à la réalisation future de son désir» (*Syntaxe de l'ancien français*, p. 136).

V. 441. *Et dit li cuens : «Vos dites voir, beau niés»*

Ce brusque revirement de Guillaume se justifie parce qu'il reconnaît dans les paroles de son neveu «la voix de sa conscience et la morale du lignage tout entier» (Jean Frappier, *op. cit.*, t. II, p. 220).

V. 458. *grevez*

Issu du latin *gravare* («alourdir», «aggraver»), dérivé lui-même de l'adjectif *gravis*, le verbe *grever* présente plusieurs acceptions:
1) accabler, tourmenter, épuiser, nuire;
2) blesser;
3) blâmer sévèrement;
4) en construction réfléchie, se donner de la peine;
5) en construction impersonnelle, gêner, contrarier.

À partir du XVIIe siècle, par restriction sémantique, *grever* se spécialise pour signifier: «frapper de charges financières».

V. 463. *As mains se prennent*

Ce geste par lequel les chevaliers se prennent par la main est «une marque de bonne éducation». Voir le vers 721 et Claude Régnier, «Encore *Le Charroi de Nîmes*», *Mélanges Charles Camproux*, Montpellier, 1978, t. II, p. 1191.

V. 474. *«Demi mon regne, se prendre le volez»*

Louis enchérit sur son offre précédente (v. 384), puisqu'il propose à Guillaume non plus le quart mais la moitié de son royaume. On observe une nouvelle surenchère dans *Aliscans* où le souverain lui abandonne cette fois toute la France (v. 3152).

V. 479. *Ou voit le roi*

Littéralement cette locution signifie: «dès qu'il voit le roi». *Ou voit* est un cliché épique (cf. v. 680, 848, 938) lié le plus souvent à un verbe principal de type déclaratif. Ayant perdu sa valeur propre, ce tour se traduit par «sans attendre», «aussitôt». Voir Claude Régnier, *La Prise d'Orange*, Paris, Klincksieck, 6e éd., 1983, p. 140.

V. 487. *digner*

Provenant du bas latin *dis(je)junare* («rompre le jeûne»), *disner*, forme atone, et *desjuner*, forme tonique, désignent l'action de «prendre le premier repas de la journée», d'abord le matin, ensuite vers midi, par opposition à *sou-*

per qui désigne le repas du soir. En ancien français les deux verbes *desjuner* et *disner* signifient en outre : « manger » et « nourrir ». Tandis qu'au XVIIᵉ siècle le *déjeuner* s'applique à la collation prise au lever, *disner* au repas de la mi-journée et *souper* à celui du soir, au XIXᵉ siècle, pour le repas du midi, *déjeuner* se substitue à *dîner* qui de son côté remplace pour le soir *souper*, lequel dénomme alors le repas pris dans la nuit, après le spectacle. Le syntagme *petit-déjeuner* apparaît alors pour la collation matinale.

V. 491. *porz*

Du latin *portus* (« passage »), *port* désigne soit « un défilé dans les montagnes », acception pour laquelle il est concurrencé par *trespas* et *col*, soit un abri destiné à recevoir les navires. La première signification ne survit que dans le terme *passeport* et le toponyme *Saint-Jean Pied de Port*. Sur ce sujet, voir Jean Dufournet, *Cours sur la Chanson de Roland*, Paris, 1972, pp. 171-172, et Rita Lejeune, « Les ports et les Pyrénées dans la *Chanson de Roland* », *Études... offertes à Jules Horrent*, Liège, 1980, pp. 247-253.

V. 510. *hauberc*

Du francique **halsberg* (« ce qui protège le cou »), le haubert est une cotte de mailles revêtue par le chevalier. Cette longue tunique, munie de manches et d'un capuchon, descend jusqu'aux genoux ; elle est fendue devant et derrière afin de permettre au guerrier de monter plus facilement sur son destrier.

V. 523-524. « *C'est la plus bele que l'en puisse trover / En paienie n'en la crestïenté* »

Des vers analogues vantent la beauté d'Orable dans *La Prise d'Orange*, v. 254-255 : « *Il n'a si bele en la crestïenté / N'en paienie qu'en i sache trover.* »

V. 529. *Chartres*

Chartres est non seulement une place stratégique mais aussi un lieu de pèlerinage dont la célébrité tient en grande partie à la présence de la relique du Voile de la Vierge. C'est à Chartres que saint Bernard prêcha la deuxième croisade en 1146.

V. 529. *Orliens*

Aux xᵉ et xⁱᵉ siècles, sous les Capétiens, Orléans devient ville royale et capitale de fait de la France. Dans *Le Couronnement de Louis*, Guillaume conduit son captif, le duc de Normandie, à Orléans où séjourne Louis (v. 2217-2219).

V. 532-537. *« Que ja diroient [...] son vivre recopé »*

Guillaume a déjà exprimé dans les vers 398-403 de pareilles inquiétudes : il craint que les barons ne le prennent pour un traître prêt à desservir le roi et à nuire au royaume.

V. 548. *« Ce fu au tens a feste saint Michiel »*

L'archange saint Michel, fêté le 29 septembre, est le chef de la milice céleste, protecteur du peuple de Dieu contre le Mal. Selon Jacques de Voragine, l'auteur de *La Légende dorée*, il aida les Sipontins dans leur guerre contre les Napolitains encore païens, chassa du ciel le dragon, c'est-à-dire Lucifer ; il lutte aussi chaque jour contre les démons ; enfin il livrera un combat victorieux contre l'Antéchrist à la fin du monde (voir *La Légende dorée*, trad. de J.-B. M. Roze, Paris, Garnier-Flammarion, 1967, t. II, pp. 232-244). L'archange ne préfigure-t-il pas Guillaume d'Orange, engagé dans une bataille sans merci contre les Sarrasins ?

V. 549. *Saint Gile*

Saint-Gilles du Gard était une étape importante de la *Via Tolosana*, l'une des routes de Compostelle. Jadis arrosée par le Petit Rhône, la cité constituait de surcroît un port d'embarquement pour la Palestine, à l'époque des croisades. Guillaume s'en empare dans *Le Couronnement de Louis* (v. 2032).

V. 550-553. *« Herberja moi [...] eüsmes mengié »*

Les chevaliers errants et les pèlerins bénéficient de l'hospitalité pratiquée au Moyen Âge. La générosité de l'hôte de Guillaume est rendue par l'adverbe *Molt* placé au début du vers 551, par le rythme binaire *« a boivre et a mengier »* (v. 551), *« Fain et avaine »* (v. 552) et par la longue subordonnée temporelle (v. 553) qui insiste sur la durée du repas.

V. 554-555. « *Il s'en ala es prez esbanoier / O sa mesnie, le gentill chevalier* »

La promenade du chevalier et de ses compagnons semble peu vraisemblable, vu les ravages provoqués dans la région par les Sarrasins. En fait le narrateur se débarrasse à peu de frais d'un époux encombrant afin de créer une scène de tentation ambiguë.

V. 555a. « *Tot mon chemin voloie repairier* »

Ce vers emprunté au manuscrit C souligne la pureté de Fierebrace qui ne songe pas un instant à profiter de l'absence du mari. Dans cet épisode assez équivoque, le héros a beau se présenter en pèlerin innocent et chaste, c'est lui qui prête à son hôtesse des intentions coupables. Sur cette aventure grivoise, voir Mario Mancini, « L'édifiant, le comique et l'idéologie dans *Le Charroi de Nîmes* », *Société Rencesvals, IVᵉ Congrès International... Actes et Mémoires,* 1969, pp. 207-208.

V. 558-559. « *Puis me mena aval en un celier, / Et del celier amont en un solier* »

Ces attitudes contradictoires, traduites par des adverbes antithétiques (*aval/amont*) et des lieux opposés (*celier/solier*), révèlent, aux yeux de Guillaume, le trouble de son hôtesse, cherchant partout un endroit isolé pour le séduire. En réalité, elle semble surtout soucieuse de montrer au chevalier les préjudices causés par l'invasion sarrasine : à la cave, le manque de provisions, et dans la chambre haute, l'étendue des ravages commis aux alentours. Une autre interprétation est donnée par Reine Mantou dans son article intitulé « Notes sur les vers 548-579 du *Charroi de Nîmes* », *Études offertes à Jules Horrent,* Liège, 1980, pp. 275-278 ; elle estime que le *celier* emprunté par Guillaume et son hôtesse pour gagner le *solier* est vraisemblablement un souterrain ou une tranchée creusée dans le sol.

V. 560. « *si me chaï as piez* » et **561.** « *qu'el queïst amistiez* »

Plusieurs gestes et locutions (le verbe *querre* revient ainsi trois fois en cinq vers) ressortissent à la *fin'amor* de la poésie courtoise. Toutefois les rôles sont inversés : ce n'est plus le chevalier qui, aux pieds de sa dame, requiert son amour et sa pitié (*merci* au vers 566) mais l'épouse adultère qui, selon l'imagination du protagoniste, implore le guerrier.

V. 565. « *Dame, feme, que quiers ?* »

Le rythme haché de cet hémistiche, l'allitération en [k] expriment l'émotion de Guillaume devant cette femme qu'il prend pour une nouvelle Ève tentatrice.

V. 569-573. « *Par la fenestre [...] a cortoises moilliers* »

Il s'agit du motif stéréotypé du panorama épique défini en ces termes par Jean Frappier : « du sommet d'une tour, de la fenêtre d'une chambre haute (*solier*), de la salle située à l'étage d'un château, des personnages regardent l'approche de l'invasion sarrasine, la terre ravagée, les incendies, les massacres, ou la venue d'un messager, ou l'arrivée des secours espérés » (*op. cit.*, t. I, p. 112).

V. 570. *aversiers*

Du latin *adversarium* (« adverse, adversaire »), l'*aversier* désigne le démon, avec une nuance de monstruosité. Qualifiant souvent Satan et les diables, il s'applique aussi aux ennemis de la chrétienté, les Sarrasins. Voir Charles Brucker, « Mentions et représentations du diable dans la littérature française, épique et romanesque du XIIᵉ et du début du XIIIᵉ siècle : quelques jalons pour une étude évolutive », *Le Diable au Moyen Âge*, Senefiance nᵒ 6, Aix-en-Provence, 1979, pp. 37-68.

V. 575. « *Molt tendrement plorai des eulz del chief* »

Cette sensibilité de Guillaume versant des larmes de compassion n'est pas une marque de faiblesse mais une preuve de générosité d'âme. Voir *Aliscans*, v. 817 : *Li bers Guillelmes vet tendrement plorant*, et les vers 860, 879, 976, 1006, 2024-2025, 2385-2387, 2475, 2874, 4220, 4245.

V. 576. « *La plevi ge le glorïex del ciel* »

Ce serment solennel envers Dieu conduirait Guillaume au parjure s'il renonçait à secourir les malheureux, persécutés par les Sarrasins.

V. 581. *talant*

Au Moyen Âge, ce substantif signifie: «envie, désir, volonté», mais aussi «avis» et «souhait», sens qui disparaissent au XVIe siècle au profit d'une nouvelle acception: «don, aptitude, capacité». Georges Gougenheim retrace l'origine et l'évolution sémantique de ce terme: «Le mot latin *talentum*, emprunté au grec, n'a qu'un sens purement matériel: celui d'un poids d'environ vingt-cinq kilogrammes [...]. Le mot *talent* aurait été emprunté d'abord dans son sens primitif de "poids qui fait pencher la balance" (conservé peut-être dans le grec de Marseille), d'où décision qui emporte la volonté. À l'époque de la Renaissance, un sens nouveau, déjà esquissé dans le latin scolastique, se serait introduit par une allusion à la parabole des talents dans l'Évangile de Matthieu: le serviteur infidèle enterre le talent que son maître lui a confié: le talent serait donc le don naturel que recèle l'individu» (*Les Mots français dans l'histoire et dans la vie*, Paris, Picard, 4e éd., 1972, p. 127).

V. 585. *gant*

Le gant est un objet symbolique souvent utilisé lors du rituel de l'hommage. Pour l'investiture, le seigneur peut remettre à son vassal un gant qui matérialise la concession du fief. Dans la *Chanson de Guillaume*, le héros enlève son gant et le jette aux pieds de Louis en signe de renonciation à son fief: *Dunc traist sun guant qui a or fu entaillez, / A l'emperere l'ad geté a ses piez: / «Lowis, sire, ci vus rend vos feez, / N'en tendrai mais un demi pé»* (v. 2533-2536).

V. 590. «*un secors en set anz*»

C'est ce secours que Guillaume vient implorer à Laon auprès d'un roi indigne, oublieux de son engagement et de son devoir d'aide et de protection à l'égard de son vassal en danger. Voir la *Chanson de Guillaume*, v. 2530-2531, et *Aliscans*, v. 3424-3430.

V. 593. *dit li cuens en riant*

Nous avons rejeté la leçon de A et adopté celle de B. En effet l'expression *ore entent* est très ambiguë. Le protagoniste cherche-t-il à attirer l'attention de Louis sur la suite des événements: «à présent prêtez attention»? Ou bien approuve-t-il la décision du roi : « j'entends bien, c'est d'accord » ? Si, comme le suggère Duncan McMillan à la page 143 de son édition, *entendre* a ici le sens d'attendre, on peut alors comprendre ainsi : « désormais j'attends », « j'en accepte l'augure » (d'un secours en sept ans). La leçon choisie a l'avantage de lever toute équivoque.

V. 615. *lechierres*

Ce terme qui se rattache au francique **lekkon* signifie tout d'abord le gourmand (« celui qui lèche »), puis l'homme impudique et débauché, enfin l'insolent. Il devient très tôt une insulte équivalant à « vaurien, canaille ». Il demeure encore péjoratif à notre époque où le *lécheur* est parfois synonyme de flagorneur.

V. 630. *« Batuz nos a »*

Jean Frappier a raison de dénoncer une inconséquence dans le texte de la « vulgate », « puisque Bertrand n'a jamais refusé d'accompagner Guillaume dans sa guerre contre les Sarrasins et que seul Guiélin a été battu par son père » (*op. cit.*, t. II, pp. 226-227, note 2). Cette inadvertance disparaît dans la rédaction C (v. 706-710) et dans la version D où c'est Bertrand qui est châtié par son père pour avoir refusé de recevoir le gant (v. 601-622).

V. 640. *jornel*

Un *journal* est une mesure de superficie correspondant à l'étendue de terre que l'on peut labourer en une journée.

V. 641-656. *« Ice dige [...] si seront adoubé »*

La harangue que Guillaume adresse aux pauvres chevaliers et écuyers développe l'appel lancé dans *Le Couronnement de Louis* : *« Et tuit i vieignent li povre bacheler, / A clos chevals, a destriers desferrez, / A guarnemenz desroz et despanez ; / Tuit cil qui servent as povres seignorez / Vieignent a mei : je lor dorai assez / Or et argent et deniers moneez, / Destriers d'Espaigne et granz muls sejornez / Que j'amenai de Rome la cité »* (v. 2256-2263).

V. 642. *roncins clops*

Le *roncin* est un cheval subalterne, de médiocre valeur, réservé aux écuyers. C'était une honte pour un chevalier de monter une telle bête. Dans le *Conte du Graal*, Gauvain subit ce déshonneur lorsque, Gréorreas s'étant emparé de son destrier Gringalet, il est contraint de chevaucher le hideux *roncin* d'un écuyer (éd. W. Roach, v. 7136 sqq.). Sous l'influence de l'adjectif *roux*, la forme *roussin* s'est substituée à *roncin* au xve siècle.

Clops qui signifie boiteux a disparu en français moderne, mais il subsiste encore plusieurs dérivés : « clopiner », « clopin-clopant » ou « éclopé ».

V. 642. *dras*

Issu du bas latin *drappus*, le substantif *drap* signifie d'abord « étoffe », puis, par métonymie et en général au pluriel, « vêtements, habits ». Remplaçant dans ce sens le terme *linceul*, il désigne enfin « la pièce de toile qui garnit le lit ».

V. 650. *escuiers*

En latin le substantif *scutarium*, dérivé de *scutum* (« écu »), dénomme tantôt un fabricant de boucliers, tantôt un scutaire, c'est-à-dire un soldat de la garde impériale. Pendant le haut Moyen Âge, les écuyers sont peu considérés, assimilés aux *garçons*, autrement dit à de simples valets d'armée, chargés des tâches les plus basses. Dans la *Chanson de Roland*, Charlemagne demande de veiller sur les chevaliers morts à la bataille de Roncevaux afin que les bêtes sauvages n'y touchent pas, « *Ne n'i adeist esquier ne garçun* » (v. 2437). Au début du xiie siècle, dans les chansons de geste et les romans, l'écuyer est un adolescent noble, non encore adoubé, qui, au cours de son apprentissage chevaleresque, assume diverses fonctions auprès d'un seigneur. « En temps de paix, il veille au bien-être matériel de son maître qu'il assiste dans sa toilette et sert à table. À l'occasion, il devient messager. Chargé en outre d'accueillir les hôtes de passage, il les débarrasse de leurs armes, leur fournit de somptueuses parures et, d'une façon générale, s'occupe de leur installation et de leur confort. Pour la chasse et le tournoi où il accompagne son seigneur, il harnache et panse les chevaux, dresse et nourrit les chiens et les faucons, entretient et prépare épieux, arcs, lances, épées et boucliers. En temps de guerre, il mène le destrier de son maître jusqu'au champ de bataille ; là, il l'aide à lacer son heaume et à revêtir son haubert ; il lui tient de nouvelles armes en réserve. Si, en principe, il n'a pas le droit d'affronter un chevalier et doit se placer en dehors de la mêlée, en réalité, il participe fréquemment au combat» (Claude Lachet, *Sone de Nansay et le roman d'aventures en vers au xiii⁰ siècle*, Paris, Champion, 1992, p. 375). Dans les textes autres qu'épiques et romanesques, l'écuyer désigne un jeune serviteur. À partir du xiv⁰ siècle, on assiste à une spécialisation des emplois: écuyer de cuisine, écuyer de bouche, écuyer tranchant, écuyer chargé des écuries d'un prince. Cette ultime fonction explique que depuis le xvii⁰ siècle, l'écuyer, rapproché à tort d'*equus*, soit réservé au domaine de l'équitation. Sur l'écuyer, voir l'article de Jean Flori, «Les écuyers dans la littérature française du xii⁰ siècle», *Et c'est la fin pour quoy sommes ensemble, Hommage à Jean Dufournet*, Paris, Champion, 1993, pp. 579-592.

V. 665. *apareillié*

Du bas latin **appariculare*, le verbe *ap(p)areiller* signifie en général «préparer» et s'emploie à l'occasion de l'équipement d'un chevalier ou à propos d'un repas, d'une nappe, d'un lit, d'une tente, d'une chambre et d'un navire. Il est probable que l'homonymie avec l'autre verbe *apareiller*, formé sur l'adjectif *pareil*, ait contribué à la désuétude de ce terme, fort usuel en ancien français mais réservé aujourd'hui au langage de la marine (appareiller un bateau, c'est le garnir de son gréement, le disposer à la navigation; intransitivement, appareiller c'est quitter le port, lever l'ancre) et de la chirurgie (appareiller un handicapé c'est le munir d'un appareil de prothèse).

V. 667. *por les membres tranchier*

Dans une proposition négative, la préposition *por* introduisant un infinitif peut marquer une opposition, une concession au sens de: «même au prix de, au risque de, quand bien même il s'agirait de». Voir Philippe Ménard, *Syntaxe de l'ancien français*, p. 168.

V. 674. *esploitier*

Issu du latin populaire **explicitare*, le verbe *esploitier* offre au Moyen Âge diverses acceptions:
1) accomplir, exécuter;
2) agir habilement, mener à bien, réussir, obtenir;

3) en construction intransitive ou réfléchie : agir avec ardeur, avec énergie, se hâter, s'empresser ;

4) employer, faire valoir, user de, jouir de ;

5) saisir.

Par restriction sémantique, *exploiter* signifie aujourd'hui « tirer parti de », « profiter », « abuser de ».

V. 678. *ez vos*

Le présentatif *ez*, du latin *ecce*, souvent précédé de l'adverbe *atant* (v. 1114 et 1413), est suivi du pronom personnel *vos* qui a la valeur d'un datif éthique marquant l'intérêt que l'auditeur peut attacher à la situation évoquée. En général, ce tour de caractère oral introduit un nouveau personnage dont la brusque apparition vise à provoquer un effet de surprise dans le public.

V. 691. *preudon*

Le latin vulgaire avait déformé la forme verbale de latin classique *prodest* en **prode est*, créant ainsi un terme neutre *prode* à l'origine du substantif médiéval *preu* qui signifiait : « profit, avantage, intérêt », et de l'adverbe *preu/prou* au sens de : « beaucoup ». L'adjectif *proz/preuz*, issu de **prodis* tiré lui-même du mot *prode*, souligne l'utilité des choses et la qualité des êtres humains. Toujours valorisant, il signifie, selon les contextes et les époques : « qui a de la valeur », « courageux », « avisé », « vertueux », « pieux ».

Preudon/preudome est composé de l'adjectif, de la préposition *de* et du substantif *home*. Il offre lui aussi des sens variés :

1) un homme de qualité qui force le respect et l'admiration ;

2) un guerrier d'élite, vaillant et brave ;

3) un homme sage et réfléchi ;

4) un homme honnête et loyal ;

5) un saint homme, vénérable ermite ou religieux.

Depuis le XIXe siècle, le *prud'homme* n'est plus qu'un magistrat chargé de régler des contentieux d'ordre professionnel. On consultera avec profit l'article de Marie-Luce Chênerie, « Preudome dans la *Mort Artu* (Étude sémantique et stylistique) », *La Mort du Roi Arthur ou le Crépuscule de la chevalerie*, Paris, Champion, 1994, pp. 67-83.

V. 718. *erre*

Qu'il vienne du latin *iter* («trajet» et «chemin») ou qu'il soit un déverbal du verbe *errer*, le substantif *erre* ou *oirre* possède plusieurs acceptions :

1) voyage, expédition, chemin, route ;
2) «tout ce qui sert pour un voyage», bagage ;
3) «marche, allure, train», d'où les expressions : *grant erre, bel erre* = rapidement ; *en erre* = en hâte, sur-le-champ ;
4) manière d'agir, conduite ;
5) terme de vénerie, il désigne les traces d'un animal.

V. 719. *chief*

Le latin classique *caput*, qui est à l'origine du substantif *chief*, signifiait non seulement «la tête des hommes et des animaux», mais encore «l'extrémité», «la personne», «la vie», «le personnage principal», «la partie capitale». En ancien français, *chief* tend à se distinguer du mot *teste* issu du latin *testa* («coquille» puis «vase en terre cuite», «pot», «cruche», d'où par plaisanterie, à basse époque, «crâne», «tête»). Tandis que celui-ci est un mot expressif et pittoresque, *chief* apporte plutôt des nuances de beauté, de noblesse, de solennité (voir la locution *par mon chief* lors d'un serment) et offre des sens abstraits : «extrémité», «celui qui dirige», «point principal d'une chose». Si depuis le xviie siècle ces deux dernières acceptions sont les plus usuelles, en revanche les emplois de *chief* au sens de «tête» et d'«extrémité» se sont limités à quelques expressions consacrées : «le chef de saint Jean Baptiste», «un couvre-chef», «le chef d'une étoffe», «le chef d'un écu».

V. 730. *mestier*

Provenant du latin *mi(ni)sterium* («fonction de serviteur», «service»), le mot signifie tout d'abord «occupation», «fonction», «service» ; il a aussi le sens, disparu de nos jours, de «besoin», «nécessité», d'où les tours : *avoir mestier* = «être utile» ; *avoir mestier de* = «avoir besoin de» ; *estre mestier* = «être nécessaire» ; il possède enfin une valeur concrète, désignant divers ustensiles ou machines telles que le «métier à tisser».

V. 732. *gloton*

Du latin *gluttonem*, *gloton* qualifie le «goinfre», le «vorace» puis l'«insolent». Terme d'insulte, il se traduira le plus souvent par «gredin», «canaille» ou «traître».

V. 733. *Lors se regarde dan Guillelmes arrier*

Le pronominal de «sens moyen» *se regarder* exprime «la participation du sujet à l'action»: Guillaume regarde avec une grande attention. L'adverbe *arrier* qui termine le décasyllabe symbolise le comportement du fourbe agissant dans le dos de sa victime.

V. 734. *choisi*

Du gotique *kausjan* («goûter, examiner, éprouver»), le verbe *choisir* présente deux sens principaux en ancien français dont seul le second s'est conservé en français moderne:
1) «distinguer par la vue», «apercevoir», «découvrir», «remarquer»;
2) «prendre de préférence», «élire».

V. 740. *saint Denis*

Saint Denis est le premier évêque de Paris et le saint patron de la royauté carolingienne. La légende a confondu l'évangélisateur de Paris avec Denys l'Aréopagite, le disciple de saint Paul.

V. 742-746. *Il passe avant [...] a ses piez*

Il s'agit du motif stéréotypé du «cassage de gueule» selon l'expression de Jean Rychner (*La Chanson de geste. Essai sur l'art épique des jongleurs*, Genève, Droz, 1955, p. 138). D'habitude, le héros tue d'un coup de poing sur la nuque un traître. C'est le cas de Fierebrace qui élimine de cette manière le félon Herneïs (Arneïs) d'Orléans dans *Le Couronnement de Louis*, v. 129-133: *Et passe avant, quant se fu rebraciez, / Le poing senestre li a meslé el chief, / Halce le destre, enz el col li assiet: / L'os de la gole li a par mi brisié; / Mort le trebuche a la terre a ses piez.* Guiélin imite son oncle en infligeant un châtiment identique au Sarrasin Pharaon dans *La Prise d'Orange*, v. 1602-1606: *Et passe avant quant se fu rebracié, / Le poing senestre li a mellé el chief, / Hauce le destre, enz el col li asiet, / L'os de la gueule li a par mi brisié, / Mort le trebuche devant lui a ses piez.*

Voir encore *Le Couronnement de Louis*, v. 1959-1964 ; *Le Charroi de Nîmes*, v. 1373-1378 ; *Le Moniage Guillaume II*, v. 1508-1515.

Le topique se compose de six phases :

1) le héros s'avance ;

2) il s'est déjà retroussé les manches, marquant sa farouche détermination ;

3) utilisation du poing gauche ;

4) le poing droit porte le coup sur la nuque ;

5) première conséquence : les vertèbres cervicales sont brisées ;

6) seconde conséquence : la mort du perfide.

V. 751. *pautonier*

Substantif (au sens de «valet») ou adjectif (signifiant : «méchant», «insolent»), ce terme est le plus souvent une injure que l'on traduit par : «voyou», «scélérat». Au féminin, *pautoniere* désigne une prostituée ou une femme débauchée.

V. 765-781. *Bien vos sai dire [...] trestoz ses chevaliers*

La fin de la longue laisse XXVI, les laisses brèves XXVII et XXVIII sont similaires : le trouvère y dresse l'inventaire des bagages des croisés. Selon Jean Frappier, «cette courte description, qui juxtapose avec une franche naïveté les objets liturgiques et les ustensiles de cuisine, résume assez bien la double inspiration, spirituelle et temporelle, de la chanson» (*op. cit.*, t. II, p. 230). En fait l'auteur s'amuse avec humour à rapprocher objets de piété et instruments d'usage domestique par divers procédés :

1) Symétries de constructions avant et après l'énumération :

Le jongleur attire par trois fois l'attention du public : *Bien vos sai dire que porte/reporte* (v. 765, 770, 775).

Une proposition temporelle annonce l'arrivée des croisés en terre ennemie : *Quant il venront (enz) el regne essillié/sauvage* (v. 768, 773, 778).

Pour le service, le malicieux poète passe du Seigneur Dieu à Jésus, Dieu fait homme, enfin à Guillaume le guerrier : *Serviront/S'en serviront* (v. 769, 774, 780).

2) Le premier objet cité dans chaque strophe est un récipient : *Calices d'or* (v. 766), *Vesseaus d'or fin* (v. 771), *Poz et paielles* (v. 776).

3) On note des échos phoniques entre les différents objets :
messeaus (v. 766) / *Vesseaus* (v. 771) / *messeus* (v. 771) ;
paile (v. 767) / *paielles* (v. 776) ;
croiz (v. 767) / *crucefis* (v. 772) / *croz* (v. 777) ;
encensiers (v. 767) / *andiers* (v. 777) ;
toailles (v. 772) / *tenailles* (v. 777).

767. *paile*

Du latin *pallium* («manteau»), le terme *paile* désigne
une riche étoffe de soie très courante au Moyen Âge. Dans
The Glossary of the First Continuation of Perceval, Lucien
Foulet précise ses divers emplois : «on en fait des tapis où
s'asseoir, où dormir, ou bien sur lesquels les chevaliers
s'arment pour le combat ; des tentures pour une chambre
ou pour la décoration des rues ; un voile pour recouvrir
une bière ou pour y étendre un chevalier mort ; une couverture pour mettre sur un lit. On en fait encore une garni-
ture de chapeau, des chapes de chanoines, une couverture
de cheval, une décoration d'écu» (Philadelphia, 1955,
p. 212). De nos jours le mot s'est spécialisé au sens de
«drap mortuaire» et n'est plus guère utilisé que dans la
locution «tenir les cordons du poêle».

V. 783. *la Chapele*

Historiquement la cité d'Aix-la-Chapelle fut la capitale
de Charlemagne. C'est dans cette ville que Louis est couronné (voir *Le Couronnement de Louis*, v. 27).

V. 810. *A trompeors ont l'eve fet corner*

Dans la société aristocratique du Moyen Âge, il était de
tradition de «corner l'eau» afin d'inviter les convives à se
laver les mains avant de passer à table. Des serviteurs
apportaient de somptueux bassins d'eau parfumée et des
toailles («des serviettes») pour que les hôtes s'essuient avec
soin. Cf. *Aliscans*, v. 3373a-3375 : *L'eve ont cornee a un corn
menuier. / Quant ont lavé cil baron chevalier, / Aval les tables
s'asïent au mengier.* Voir Edmond Faral, *La Vie quotidienne
au temps de saint Louis*, Paris, Hachette, 1938, pp. 164-165.

V. 813. *Grues et gentes et poons emprevez*

Grues, oies sauvages et paons assaisonnés au poivre
constituent des mets très appréciés au Moyen Âge. Cf. *Prise*

d'Orange, v. 174: *Grues et jantes et poons en pevré*; v. 553: *Grues et gentes et bons poons rostiz*; *Voyage de Charlemagne*, v. 411: *E unt grues e gauntes e poüns enpevrez*.

V. 824. «*a Bride le cor saint hennoré*»

L'église abbatiale de Brioude (en Haute-Loire) conserve le tombeau de saint Julien, «ce légionnaire qui s'enfuit en 304 de sa garnison de Vienne pour échapper à la persécution de Dioclétien, se réfugia dans un bourg des environs de Brioude, y fut décapité et devint bientôt un thaumaturge très populaire. Dès le ve, ou le vi^e siècle au plus tard, une basilique fut édifiée sous son vocable à Brioude, et Grégoire de Tours, qui aimait à visiter son tombeau, a écrit un livre à sa louange. On y lit qu'à l'époque de sa fête (le 28 août), les hôtelleries et les maisons de Brioude ne suffisaient plus à héberger les pèlerins, et qu'il leur fallait camper hors la ville, sous des tentes. La basilique de saint Julien fut brûlée en 730 par les Sarrasins et relevée seulement un siècle plus tard, comme le montre un diplôme de Louis le Pieux» (Joseph Bédier, *Les Légendes épiques. Recherches sur la formation des chansons de geste*, t. I, «Le Cycle de Guillaume d'Orange», 3e éd., Paris, Champion, 1926, p. 384). Dans le *Moniage Guillaume I*, le héros, après la mort de son épouse, dépose, sur l'autel de marbre de l'église Saint-Julien de Brioude, sa *targe* («bouclier rond») que peuvent voir encore, à côté du *tinel* («énorme massue») de Rainouart, les pèlerins se rendant à Saint-Gilles (v. 73-96). Le prologue de *La Prise d'Orange* évoque aussi la présence de l'*escu* et de la *targe* de Guillaume au même endroit (v. 7-9). Enfin au cours du *Moniage Rainouart*, le sympathique géant se fait moine à l'abbaye de Brioude.

V. 825. *La Mere Dé*

La cathédrale Notre-Dame du Puy était l'un des sanctuaires où faisaient halte les pèlerins en route vers Saint-Jacques-de-Compostelle. C'est au xie siècle qu'apparut la statue miraculeuse de la Vierge.

V. 833. *Clermont lesserent et Monferent a destre*

La ville épiscopale de Clermont d'où le pape Urbain II prêcha la première croisade en 1095 et la cité seigneuriale de Montferrand, capitale du Dauphiné d'Auvergne en 1145, ne seront unies qu'en 1633.

V. 836. *jurent*

Il s'agit de la troisième personne du pluriel du passé simple du verbe *gesir* issu du latin *jacere* («être étendu», «être situé», «être abattu»). En ancien français, *gesir* offrait plusieurs significations:
1) «se coucher», «être couché», d'où «passer la nuit», «demeurer»;
2) «avoir des relations sexuelles»;
3) «accoucher»;
4) «être malade»;
5) «être mort», «être enterré»;
6) «se trouver», d'où «consister», «dépendre».
En français moderne on assiste à une double restriction, d'emploi (le verbe défectif n'existe qu'au présent et à l'imparfait de l'indicatif, ainsi qu'au participe présent) et de sens puisqu'il désigne surtout des morts dans le sépulcre («ci-gît»).

V. 859-863. *Vestent hauberz [...] les espiez noielez*

Il s'agit du motif stéréotypé de l'armement, présenté dans un ordre quasi immuable: haubert revêtu, heaume lacé, épée ceinte, destrier enfourché, écu suspendu au cou, lance empoignée. Voir *Chanson de Roland*, v. 994-1001, 2988-2993, 3141-3155, 3864-3869; *Chanson de Guillaume*, v. 133-140, 1498-1502, 1541-1551; *Aliscans*, v. 5228-5240; *Couronnement de Louis*, v. 407-413, 2094-2100, 2299-2302, 2478-2489, 2500-2507; *Prise d'Orange*, v. 948-957, 971-984, 989-993; *Ami et Amile*, v. 211-216, 1452-1457, 1646-1650, 1919-1922. Pour *noielez* (v. 863), voir la note du vers 150.

V. 865. *orifamble*

L'*orifamble* (ou *oriflambe*) serait la traduction en langue vulgaire de la locution latine *aurita flammula* («bannière entaillée»). L'oriflamme dénomme la bannière de soie rouge déposée à l'abbaye de Saint-Denis. Placée en tête de l'armée, elle symbolise le combat des croisés pour le roi et Dieu.

V. 875. *vilain*

Issu du bas latin *villanum* («habitant de la ferme») lui-même dérivé du latin classique *villa*, le *vilain* désigne l'oc-

211

cupant d'un domaine rural, un paysan libre par rapport à un *serf*. Dans une société aristocratique et guerrière, le substantif ne tarde pas à prendre une tonalité péjorative puisqu'il signifie : «homme de basse condition», «roturier», et même à devenir une insulte. Sans doute sous l'influence de *vil*, l'adjectif *vilain* n'offre à son tour que des acceptions défavorables : «bas», «grossier», «laid», «mauvais», «ignoble». À partir du xvie siècle, par affaiblissement sémantique, le terme dénote surtout la malpropreté, le désagrément physique et moral.

Dans la littérature médiévale, le vilain est décrit comme une créature hideuse, un véritable monstre. Voir le portrait du gardien de taureaux sauvages, *leiz et hideus a desmesure* dans *Le Chevalier au lion* de Chrétien de Troyes (éd. Mario Roques, v. 286-311) et celui du bouvier dans *Aucassin et Nicolette* (chap. xxiv, l. 15-24). Loin d'évoquer la moindre disgrâce chez le paysan, l'auteur du *Charroi de Nîmes* insiste plutôt sur la sagesse du personnage avec le verbe *s'apense* et l'adjectif laudatif *senez* (v. 879).

V. 880. *sel est chier*

Depuis l'Antiquité, le sel est une «denrée de première nécessité. C'est à la fois le condiment de la nourriture et le principal moyen de conservation de la viande et du poisson. De ce fait, le trafic du sel est extrêmement spéculatif, la production étant soumise aux conditions météorologiques tandis que la consommation offre peu d'élasticité» (Jean Favier, *Dictionnaire de la France médiévale*, Paris, Fayard, 1993, p. 875). On produisait du sel de mer sur le littoral atlantique et sur le littoral méditerranéen, ainsi que du sel gemme extrait dans les mines de Lorraine et de Franche-Comté.

V. 883-885. *Les trois enfanz [...] desus le sel*

Cette scène charmante d'enfants insouciants et rieurs, jouant aux billes, est fort rare dans la littérature du Moyen Âge. Voir à ce sujet Jacques Le Goff, «Petits enfants dans la littérature des xiie-xiiie siècles», *Annales de démographie historique*, 1973, pp. 129-132, et *L'Enfant au Moyen Âge*, Senefiance n° 9, Aix-en-Provence, 1980.

V. 904. «*garnie*»

Ce terme est ambivalent: si pour le chevalier il désigne une cité fortifiée, pourvue de nombreux défenseurs, d'une solide «garnison», pour le paysan, il signifie: «bien approvisionnée», «riche».

V. 908. «*des estres de la vile*»

C'est surtout sur le mot *estres* que repose le malentendu entre Guillaume et le vilain. Stewart Gregory, dans son article «Pour un commentaire d'un passage obscur du *Charroi de Nîmes*» (*Romania*, t. 109, 1988, pp. 381-383), estime qu'il s'agit d'un jeu de mots entre *estres* du latin *exteras*, au sens de «disposition, situation» et *estre/aistre* issu du latin populaire **astracum* et signifiant au pluriel «four banal». Selon le critique, le calembour aurait des prolongements avec la répétition de *mie* (v. 913 et 916) et le rapprochement approximatif entre *pains* (v. 910) et *paiens* (v. 914). En fait le substantif *estres* est équivoque. Alors que Fierebrace veut interroger son interlocuteur sur la situation militaire de Nîmes, l'autre répond en évoquant le coût de la vie. «Une première forme de cet humour si fréquent dans la fin du *Charroi*, souligne Jean Frappier, naît ici d'une différence de niveau entre les soucis du héros et les préoccupations terre à terre du paysan à la fois naïf et finaud, peint avec justesse et sympathie, tout païen qu'il soit» (*op. cit.*, t. II, p. 238-239). Sur cet épisode, voir également Anna Drzewicka, «La scène du vilain dans *Le Charroi de Nîmes* et le malentendu sociopsychologique», *Kwartalnik Neofilologiczsy*, 1976, pp. 95-103.

V. 933. *pyment et claré*

Tandis que le *piment* dénomme «une boisson composée de miel et d'épices», le *claré* (*clairet*) est une liqueur fort prisée au Moyen Âge, mêlant du vin d'Espagne, du miel et des épices. Voir *Prise d'Orange*, v. 173 et 1085; *Chanson de Guillaume*, v. 2698 et 2857; *Aliscans*, v. 3164 et 7615.

V. 940-941. «*Qui avroit ore mil tonneaus ancrenez / Comme cil est que en cel char veez*»

Si Godefroy traduit *ancrenez* par «garnis de cerceaux», le dictionnaire de Tobler et Lommatzsch propose «percés de trous» (pour permettre de respirer aux chevaliers enfermés dans les tonneaux). Fabienne Gégou se rallie à cette interprétation ainsi que Claude Régnier qui comprend ainsi: «Celui qui percerait de trous mille tonneaux semblables au tonneau de sel qui est sur ce char...» («Compte rendu de la seconde édition du *Charroi de Nîmes* par Duncan McMillan», *Revue de linguistique romane*, t. 46, 1982, p. 213). Cependant la conjonction comparative porterait dans ce cas non pas sur *ancrenez* mais sur *tonneaus* car on ne peut concevoir un tonneau de sel percé de trous. D'autre part dans la suite du récit on voit les paysans préparer les tonneaux (v. 959 sqq.) mais à aucun moment l'auteur n'indique qu'ils percent des trous.

V. 943. *chemin ferré*

Le *chemin ferré* désigne en ancien français une route large et fréquentée. «Certains expliquent *ferré* par le fait que le chemin aurait été consolidé avec des scories de fer; d'autres pensent qu'il s'agit d'un chemin si bien empierré qu'il aurait été dur comme du fer» (Marie-Luce Chênerie, *Le Chevalier errant dans les romans arthuriens en vers des XIIᵉ et XIIIᵉ siècles*, Genève, Droz, 1986, p. 213). Jacques Ribard se demande si une route à revêtement dur n'exige pas de ferrer le pied du cheval. («Chaussée» et «Chemin ferré», *Romania*, t. 92, 1971, pp. 262-266). Voir en outre Nelly Andrieux-Reix, «Hautes routes de l'aventure: les *voies* et *chemins* du *Tristan en prose*», *Nouvelles recherches sur le Tristan en prose*, Paris, Champion, 1990, pp. 7-31.

V. 955. *Par le conseill que li baron li donent*

Nous avons corrigé la leçon du manuscrit A₁: *Par le conseill que li baron lor done*. L'auteur semble confondre deux conseils, celui que fournit Garnier imaginant le stratagème des tonneaux (v. 930) et celui que les barons donnent à Guillaume au sujet de la réquisition des chariots et de la route à suivre (v. 947-953).

V. 964. *errer*

Provenant du latin médiéval *iterare*, lui-même formé sur *iter*, *errer* signifie tout d'abord: «aller, cheminer, voyager» (v. 1027), puis «agir, se conduire, se comporter». Encore attesté au XVIᵉ siècle avec le sens de «gouverner, administrer», le verbe a ensuite disparu à cause de son homonymie avec *errer* («s'égarer, se tromper») issu du latin *errare*. De la famille du premier ne subsistent que le substantif *erre-ments* («manières d'agir habituelles») et les expressions: «chevalier errant» et «Juif errant», personnage légendaire, condamné à marcher continuellement pour avoir outragé le Christ portant la Croix.

V. 969. *barnage*

Ce substantif signifie selon les contextes:
1) l'ensemble des barons; cf. *barné* avec la même valeur au vers 637;
2) la condition du baron et sa puissance;
3) les qualités d'un baron, en particulier la bravoure;
4) l'exploit, le coup d'éclat (v. 969 et 987).

V. 975. *ensaignes*

Dérivé de l'adjectif latin *insignis* («remarquable»), le substantif *enseigne* a d'abord le sens général de: «signe distinctif, marque, indice destiné à faire reconnaître quelque chose», puis celui de «preuve», acception conservée aujourd'hui dans la locution: «à telle enseigne que». Il possède de surcroît plusieurs valeurs concrètes, désignant tantôt la banderole de la lance, tantôt le cri de ralliement et, à partir du xvᵉ siècle, un panneau pourvu d'un emblème ou d'une inscription qu'un commerçant appose sur son établissement pour le signaler au public. Officier porte-drapeau depuis le xviᵉ siècle, *enseigne* se dit aussi d'un officier de la marine de guerre.

V. 990. *burel*

Se rattachant peut-être, comme *bure*, au latin *burra* («étoffe grossière»), le terme *burel/bureau* offre une évolution sémantique intéressante. Il dénomme «une étoffe de laine brune grossière» et «un vêtement de cette étoffe». Au xivᵉ siècle il s'applique à «un tapis de table», puis à la «table» elle-même, et en particulier «la table de travail». Par une nouvelle extension, *bureau* désigne la pièce où est installée cette table avant de qualifier un établissement ouvert au public (par exemple un «bureau de poste») ou le service qui y est assuré («bureau de renseignements»).

V. 999. *bouter*

Venant du francique **botan*, le verbe *bouter* possède plusieurs acceptions:

215

1) sens étymologique: «pousser violemment, frapper, heurter»;

2) «renverser», «presser»;

3) «placer, mettre» d'où à la forme réfléchie: «entrer»;

4) «germer, croître» au XVIe siècle.

Si l'on excepte des emplois archaïsants ou techniques (ainsi dans le langage de la marine, «bouter au large» c'est pousser une embarcation vers le large), le verbe n'est plus usité depuis la fin du XVIIe siècle.

V. 1004. *Ainz n'en sot mot*

La locution *ne savoir mot* signifie: «ignorer totalement», «ne pas se rendre compte», «ne pas comprendre ce qui se passe». Elle exprime d'habitude le caractère brusque d'un événement où le héros est impliqué à son insu (cf. le vers 560).

Claude Régnier explique en quoi réside le comique de la scène: «Bertrand, déguisé en bouvier, ne sait pas comment on fait partir un attelage: il pique les bêtes ou les frappe à bras raccourcis; ahuries, elles ne bougent pas; brusquement elles démarrent et s'enlisent dans un bourbier. Le bacheler ignore un détail: pour faire partir des bœufs, il suffit de les encourager de la voix et de toucher légèrement de l'aiguillon le bœuf de droite» («Encore *Le Charroi de Nîmes*», *Mélanges Charles Camproux*, Montpellier, 1978, t. II, p. 1193).

V. 1011. *gaber*

Provenant sans doute de l'ancien scandinave *gabba* («ouvrir grand la bouche», «railler»), le verbe *gaber* offre trois sens principaux en ancien français:

1) «plaisanter», «se divertir», «s'amuser» (v. 1011);

2) «se vanter»;

3) «se moquer», «railler» (v. 1311 et 1361).

Ce verbe très vivant au Moyen Âge est sorti d'usage au XVIIe siècle. Sur *gaber* et *gab*, voir Philippe Ménard, *Le Rire et le sourire dans le roman courtois en France au Moyen Âge*, Genève, Droz, 1969, pp. 21-25.

V. 1021. *Et dit Bertran: «A tot tens i vendrez!»*

Le trouvère joue ici avec l'attente du public et la logique du récit. Au lieu de se mettre une troisième fois en colère (voir les vers 1006 et 1015), Bertrand répond, non sans humour, aux chevaliers cachés dans les tonneaux, que leurs craintes sont bien fondées.

V. 1032. *Sor la chaucie passent Gardone au gué*

Issu du latin vulgaire **calciata*, dérivé sans doute de *calx* («chaux»), le substantif *chaucie* désigne une route surélevée, souvent empierrée, une sorte de digue qui longe un cours d'eau ou traverse les terrains marécageux et diverses étendues d'eau, lacs, rivières ou bras de mer. Marcel Girault précise qu'au xiie siècle le Gardon se traversait à gué et il ajoute: «Le gué pouvait être aménagé avec une chaussée submersible, un "gué pavé", comme cela se pratiquait dans l'Antiquité, technique à laquelle on est revenu, dans cette région, depuis quelques années. Une telle chaussée facilite le passage en période de basses eaux, et elle ne risque pas d'être emportée par les crues comme peut l'être un pont» («L'itinéraire du *Charroi de Nîmes*, Chemin de Saint-Gilles et chemin de Regordane», *Mélanges René Louis*, 1982, t. II, p. 1112).

V. 1038. *unes granz chauces perses*

En ancien français l'article indéfini, au pluriel, *unes* s'applique à des choses qui forment une paire. Le terme *chauces* dénomme une sorte de bas couvrant le pied et la jambe, et montant jusqu'à l'enfourchure.

Selon Lucien Foulet, *op. cit.*, pp. 225-226, l'adjectif de couleur *perses* présente trois valeurs distinctes:

1) «Il indique une couleur agréable à l'œil, difficile à déterminer exactement», violet ou bleu.

2) Il «indique d'autre part une couleur moins attrayante, celle du sang versé», donc «rouge foncé, cramoisi, tirant parfois sur le noir».

3) «Enfin *pers* a souvent dans les textes du Moyen Âge un troisième sens, le moins plaisant de tous, celui de violacé, pâle, livide.»

V. 1039. *Sollers de buef*

Le héros du fabliau *De Boivin de Provins* qui veut se faire passer pour un paysan se travestit lui aussi: *vestuz se fu d'un burel gris [...] ses sollers ne sont mie a las, / ainz sont de vache dur et fort* (éd. Philippe Ménard, v. 6 et 10-11).

217

V. 1046. *bonet*

Avant de prendre au xive siècle l'acception moderne de «coiffure sans bord», le mot *bonet* désignait en ancien français une sorte d'étoffe assez proche du feutre. Dans le *Conte du Graal*, Perceval approche son cheval si près du roi qu'il lui fait tomber de la tête le *chapel de bonet* (éd. Félix Lecoy, v. 935).

V. 1050. *trere*

Provenant du latin populaire *tragere*, réfection du latin classique *trahere*, *trere/traire* est dans l'ancienne langue un verbe polysémique. En effet, outre le sens général de «tirer», il possède de nombreux emplois extensifs et figurés :

1) «tirer» : *trere* l'épée (dégainer), *trere* du vin (soutirer), *trere* à l'arc ou à l'arbalète (lancer des flèches ou des traits), *trere* d'un cheval (obtenir de lui toute sa vitesse) ;

2) «tirer vers soi avec effort», d'où «attirer», «traîner», «entraîner», «retirer», «arracher» ;

3) «endurer», «supporter» ;

4) «différer» ;

5) «transposer, traduire» ;

6) «tracer, dessiner» ;

7) «ressembler» ;

8) «produire», «citer, exposer en justice» ;

9) verbe de mouvement en construction intransitive ou réfléchie : «aller, se diriger vers», «se retirer, sortir, disparaître».

Sans doute victime de sa polysémie, *traire* s'est restreint au xvie siècle pour signifier : «tirer le lait d'une femelle en lui pressant le pis», remplaçant ainsi le verbe *moudre* du latin *mulgere*, homonyme de *moudre* issu de *molere*.

V. 1062. *mestre*

Venant du latin *magistrum*, le mot *mestre* est tantôt adjectif au sens de «principal, important» (v. 1069), tantôt substantif dénommant alors «celui qui exerce son autorité, sa domination sur des personnes», le chef ; «celui qui sait apprendre aux autres», le précepteur ; «celui qui est reçu dans un corps de métier après avoir été apprenti». *Mestre* désigne aussi selon les contextes : «un médecin» ; «un sorcier, un enchanteur» ; «un bourreau» ; «un geôlier». C'est enfin un grade universitaire et un titre donné aux gens de robe.

V. 1065. *escarlates*

Avant de définir une couleur d'un rouge éclatant, le terme *escarlate* s'appliquait en ancien français à un riche tissu, à une fine étoffe de laine ou de soie, de qualité supérieure et de couleur variable.

V. 1085-1090. *Seignor, oiez [...] Espaigne conquistrent*

Ces vers constituent une sorte de nouveau prologue. Au moment où le charroi pénètre dans la cité de Nîmes, le trouvère sollicite explicitement l'attention de son public. Le récit de *La Prise d'Orange* commence par six décasyllabes analogues: *Oëz, seignor, que Dex vos beneïe, / Li glorïeus, li filz sainte Marie, / Bone chançon que ge vos vorrai dire! / Ceste n'est mie d'orgueill ne de folie, / Ne de mençonge estrete ne emprise, / Mes de preudomes qui Espaigne conquistrent* (v. 1-6).

V. 1094-1094a. *En la cités ot une place hantive, / Lai ou a ore lou mostier ai la Virge*

Pour rendre compréhensible le vers 1095, nous suivons la suggestion de Claude Régnier, *op. cit.*, p. 33, et remplaçons le vers 1094 de la rédaction A par les vers 1205-1206 de la version D. Il est utile de rappeler que la cathédrale de Nîmes, édifiée, selon la croyance populaire, sur l'emplacement d'un temple païen, était consacrée à la Vierge (voir Claude Régnier, «Encore *Le Charroi de Nîmes*», *Mélanges Charles Camproux*, Montpellier, 1978, t. II, pp. 1196-1197).

V. 1097-1098. *La ou il prient Mahomet et ses ydres, / Et Tervagam...*

Les poètes épiques présentent à tort les Sarrasins comme polythéistes et idolâtres. Soucieux de créer, à l'instar de la trinité chrétienne, une triade de divinités païennes, ils ajoutent *Apolin* (non cité dans *Le Charroi de Nîmes*) et *Tervagan* au prophète Mahomet tenu pour un dieu. Sur les diverses hypothèses relatives au nom de Tervagan, voir Paul Bancourt, *Les Musulmans dans les Chansons de Geste du Cycle du Roi*, Aix-en-Provence, 1982, t. I, pp. 378-383.

V. 1102. *Perron*

Le *perron* désigne ici «une grosse pierre carrée qui permet aux cavaliers de monter à cheval ou de descendre de cheval plus facilement» (Lucien Foulet, *op. cit.*, p. 225).

V. 1104. *Et prist sa borse, ses deniers en deslace*

Le Charroi de Nîmes contient le seul exemple connu de l'expression *deslacier des deniers* qui évoque le fait de tirer des deniers d'une bourse préalablement déliée.

V. 1123. *Cantorbiere*

La cité de Cantorbéry est le siège de l'archevêque primat d'Angleterre. C'est dans la cathédrale, érigée à partir de 1070, que l'archevêque Thomas Becket fut assassiné le 29 décembre 1170.

V. 1131. *vont esgardant*

Le verbe *aler* suivi de la forme en *ant* invariable forme une périphrase de valeur durative ou progressive. Voir Philippe Ménard, *Syntaxe de l'ancien français*, p. 172.

V. 1139. *Syglatons [...] cendaus et bouqueranz*

Il s'agit de trois étoffes précieuses : le *syglaton* est un brocart de soie fabriqué dans les Cyclades puis dans tout l'Orient ; le *cendaus/cendal* est une soierie légère, semblable au taffetas ; quant au *bouqueranz* (cf. le substantif moderne *bougran*), il dénomme un tissu fin, originaire de la ville d'Ouzbékistan, Boukhara, à laquelle il doit son nom.

V. 1146. *garnement*

Dérivé du verbe *garnir* issu lui-même du francique **warnjan* («prendre garde»), le substantif *garnement* qualifie d'une manière générale la défense, la protection et désigne plus spécifiquement :

1) la forteresse, la garnison ;
2) l'équipement, l'armure ;
3) les vêtements, les ornements, les marchandises ;
4) le défenseur, le soldat, le mercenaire ;
5) à partir du xive siècle, le mauvais garçon, le souteneur ;
6) au xvie siècle, le voyou, le vaurien.

Dès le XVIIᵉ siècle, à la suite d'un affaiblissement séman-tique, *garnement* se dit d'un garçon turbulent et polisson.

V. 1147. «*el premier chief devant*»

Cette expression figure au vers 3018 de la *Chanson de Roland*: *el premier chef devant*, lorsque Charlemagne place Rabel, Guinemant et quinze mille jeunes Francs en tête de l'armée qui va venger la mort de Roland et d'Olivier.

V. 1150. *cordoan*

La ville de Cordoue est réputée au Moyen Âge pour le travail du cuir apporté par les Arabes. Ce mot est à l'origine du substantif *cordoanier*, devenu *cordonnier* sous l'influence de *cordon*.

V. 1151. «*qui bones sont en tens*»

Nous adoptons la traduction proposée par Claude Régnier: «bonnes en leur moment», c'est-à-dire «en hiver». («Compte rendu de la seconde édition du *Charroi de Nîmes* par Duncan McMillan», *Revue de Linguistique Romane*, t. 46, 1982, p. 215).

V. 1182. *besoing*

Provenant du francique **bisunnia*, le mot *besoing* signifie d'abord «affaire», puis «affaire pressante», «urgence», «moment critique», «situation périlleuse», et dans un contexte guerrier «lutte, combat». Enfin il exprime l'idée d'un manque, d'une nécessité, conservée aujourd'hui dans les locutions : «avoir besoin de», «être besoin», «au besoin».

V. 1183. *uis*

Alors que le terme *porte* du latin *porta* désigne une ouverture large et massive à deux battants, la porte d'une ville ou d'un château, le substantif *uis* (du latin *ostium* qui signifie: «entrée») s'applique à la porte d'une maison ou d'une chambre. À l'époque contemporaine, *huis* (avec un h diacritique) ne survit que dans le tour: «à huis clos» et dans le mot *huissier* dont la fonction première consistait à ouvrir et à fermer les portes pour les grands personnages et dans les tribunaux.

V. 1200. *Crac*

Il s'agit du célèbre *Crac des Chevaliers* en Syrie, l'une des principales forteresses de l'Orient latin. Construit par les musulmans au XIᵉ siècle, ce *Crac* leur fut enlevé par les croisés en 1099 puis en 1110. «En 1142 le comte Raymond de Tripoli le céda aux Hospitaliers qui en firent un magnifique ensemble fortifié. C'est pour cette raison qu'il s'appelle le *Crac des Chevaliers*, entendons des chevaliers-moines qui formaient l'Ordre des Hospitaliers» (Jean Frappier, *op. cit.*, t. II, pp. 186-187). Voir aussi Paul Deschamps, «Toponomastique en Terre Sainte au temps des Croisades», *Recueil de travaux offert à Clovis Brunel*, Paris, 1955, t. I, p. 353.

V. 1202. *Venice*

Au XIIᵉ siècle, Venise est une grande puissance maritime, commerciale et financière où se côtoient marchands, banquiers et changeurs. Voir Philippe Braunstein et Robert Delort, *Venise, portrait historique d'une cité*, Paris, Le Seuil, 1971.

V. 1231-1234. *«Sire, dist il [...] bachelers»*

Fort embarrassé pour justifier sa particularité nasale, Guillaume semble gagner du temps par divers procédés : précautions oratoires, vague reprise de la question, annonce de la réponse, emploi quasi pléonastique de trois termes soulignant la jeunesse.

V. 1235. *«Si deving lerres merveilleus por embler»*

Victime de son stratagème, pris en quelque sorte à son propre piège, Fierebrace est contraint de tracer une image peu flatteuse de lui-même. En se faisant passer pour un ancien voleur, il contribue consciemment à sa déchéance.

V. 1240. *«A lor couteaus me creverent le nes»*

Jean Frappier rappelle que la «mutilation du nez était un châtiment infligé couramment aux malfaiteurs» (*op. cit.*, t. II, p. 247, note 5). Ainsi le nez court, jadis emblème glorieux de l'héroïsme guerrier (voir *Le Couronnement de Louis* et la note des vers 147-148), devient à présent la marque infamante d'un larron puni.

V. 1248. *quel*

Quel est une enclise joignant ici le pronom relatif *qui* au pronom personnel *le*.

V. 1253. *enging*

Issu du latin *ingenium* («qualités innées, spécialement intellectuelles», «talent»), le substantif *enging* possède en ancien français des valeurs abstraites et concrètes:

1) intelligence, esprit;

2) avec une nuance méliorative: ingéniosité, habileté, adresse;

3) avec une nuance péjorative: ruse, tromperie;

4) bon tour, moyen ingénieux, artifice, procédé, façon d'agir;

5) machine de guerre, piège pour la chasse et la pêche.

À partir du XVIIᵉ siècle seuls les sens concrets se sont maintenus.

V. 1332. *si li tire la barbe*

Autrefois la barbe et les moustaches (v. 1354 et 1368) étaient un signe de virilité et de puissance. Couper ou tirer la barbe de quelqu'un constituait une très grave offense. Voir *Floovant*, v. 63-69: *Seignors, a ice tans que vos ici oez, / Adonc estoient tuit li prodome barbez, / Et li clers et li lais, li prestres coronez, / Et quant (aucuns estoit) aperceüz d'anbler, / Donques li façoit l'en les grenons a ouster / Et trestoz les forçons de la barbe coper. / Lores estoit hontous, honiz et vorgondez.*

V. 1340. *vasselage*

Dérivé de *vassal* (voir la note du vers 1401), le terme *vasselage* désigne la condition de vassal, ses qualités et notamment la vaillance, enfin l'acte de bravoure, l'exploit, la prouesse.

V. 1373-1378. *Le poing senestre [...] acraventé*

Guillaume, qui n'a pas encore proclamé son véritable nom devant les Sarrasins, révèle son identité par ses actes et notamment par son célèbre coup de poing fatal (voir la note des vers 742-746).

V. 1393. *Li cuens Guillelmes mist a sa bouche un cor*

Cf. *Chanson de Roland*, v. 1753 : *Rollant ad mis l'olifan a sa buche.*

V. 1399. «*Monjoie!*» *escrïent*

C'est le cri de guerre des Français. Il proviendrait du germanique **mund-gawi* («protection du pays» et «hauteur d'où l'on peut faire le guet»). On a proposé aussi une étymologie populaire : «mont de la joie». Cf. *Chanson de Roland*, v. 1234 : «*Munjoie!*» *escriet, ça est l'enseigne Carlun* ; *Chanson de Guillaume*, v. 327 ; *Aliscans*, v. 131 ; *Couronnement de Louis*, v. 2331 ; *Prise d'Orange*, v. 824 ; *Moniage Guillaume II*, v. 3810.

V. 1400. *navrez*

Le verbe *navrer* serait emprunté à l'ancien norrois **nafra* («percer») ou issu du latin *naufragare* («faire naufrage», d'où «ruiner, endommager»). Par rapport à d'autres verbes qualifiant l'action de blesser comme *blecier* («contusionner»), *mehaignier* («mutiler»), *navrer* signifie blesser grièvement à l'aide d'une arme qui transperce, coupe et provoque une effusion de sang. À partir du XVIIᵉ siècle, le verbe s'emploie surtout au figuré au sens d'«atteindre moralement», «affliger», puis par un nouvel affaiblissement sémantique, au sens de «contrarier».

V. 1401. *vassal*

Provenant du latin médiéval *vassalus*, lui-même dérivé de *vassus* («serviteur»), le terme *vassal* peut être en ancien français un adjectif («brave, courageux») ou un substantif dénommant selon les contextes :

1) le subordonné d'un seigneur qui lui a cédé un fief ; mais dans cette acception conservée aujourd'hui, *vassal* était autrefois moins usuel qu'*home* ;

2) le vaillant guerrier ;

3) comme terme d'adresse, il prend parfois la valeur d'une injure.

V. 1403-1404. *Li estors fu et merveilleus et granz, / Et la bataille orriblë et pesanz*

Ces vers stéréotypés (cf. *Charroi de Nîmes*, v. 1431 ; *Aliscans*, v. 6685 ; *Moniage Guillaume II*, v. 3882) qui insistent

224

sur l'acharnement des combats anticipent la suite dans la mesure où la mêlée n'est pas décrite avant le vers 1423.

V. 1405-1407. *Quant paien virent [...] souduiant*

L'auteur témoigne sa partialité en qualifiant les Français d'adjectifs mélioratifs: *fier* et *combatant*, et les Sarrasins de formules dépréciatives: *cuvert souduiant*. L'antithèse est d'autant plus forte que la plupart de ces locutions figurent à l'assonance.

V. 1413. *mil chevalier*

La correction de *un*, leçon des quatre manuscrits de A, en *mil* s'impose. «En effet, Guillaume a combiné la manœuvre suivante: il a laissé au départ deux mille chevaliers pour garder les vilains et les empêcher de dévoiler le stratagème (v. 1048); sur ce nombre, mille doivent se présenter au bout d'un moment (v. 1413); les mille autres restent et rejoindront Guillaume à Nîmes après la prise de la ville (v. 1469)» (Claude Régnier, «Encore *Le Charroi de Nîmes*», *Mélanges Charles Camproux*, Montpellier, 1978, t. II, p. 1193.)

V. 1420. «*Monjoie!*» *escrïent et derriere et devant*

On relève un vers identique dans *La Prise d'Orange*, v. 1816.

V. 1423-1426. *La veïssiez [...] sanglant!*

C'est le motif stéréotypé de la mêlée épique dont voici trois exemples empruntés à diverses chansons de geste: *Prise d'Orange*, v. 1825-1828: *La veïssiez un estor si pesant / Tant hante fraindre et tant escu croissant / Et desmaillier tant haubers jazerant, / Tant Sarrazin trebuchier mort sanglant!*; *Couronnement de Louis*, v. 2332-2335: *La veïssiez un estor comencier / Tant anste fraindre et tant escu percier / Et tant halberc desrompre et desmaillier! / L'un mort sor l'altre verser et trebuchier!*; *Aliscans*, v. 58-62: *La veïssiez fier estor esbaudir, / Tant hante freindre et tant escu croissir / Et tant haubert derompre et dessarcir, / Tant pié, tant poing, tant teste tolir, / L'un mort sus l'autre trebuchier et cheïr*.

Quand il est complet le motif comprend six éléments auxquels s'ajoute parfois l'évocation des destriers laissés à l'abandon sur le champ de bataille:

1) Une vision d'ensemble de la mêlée avec la formule

déictique et le substantif conventionnel *estor*. Les trouvères décrivent non pas les coups mais leurs conséquences, les dommages subis dont l'importance est rendue par la reprise anaphorique de l'intensif *tant*.

2) Bris de la lance.

3) Écu percé ou fracassé.

4) Haubert démaillé.

5) Membres et têtes coupés.

6) Sarrasins renversés morts ou cadavres de chrétiens et de païens mélangés. Sur ce topique, voir Jean Rychner, *La Chanson de geste. Essai sur l'art épique des jongleurs*, Genève, Droz, 1955, pp. 151-152 ; Claude Lachet, *La Prise d'Orange : une épopée pour rire ?*, thèse pour le doctorat de troisième cycle, 1983, Université de Paris III, pp. 308-310 ; Aymé Petit, *Naissance du roman. Les techniques littéraires dans les romans antiques du xiie siècle*, Paris, Champion-Slatkine, 1985, pp. 305-309, 778-781, 1189-1192.

V. 1429. *Tote la terre est coverte de sanc*

Cette notation sanglante est traditionnelle lors de l'évocation d'un massacre. Cf. *Aliscans*, v. 5360 : *En Aleschans est l'erbe ensanglantee* ; *Prise d'Orange*, v. 1848 : *Desus la terre en cort le ru del sanc* ; *Chanson d'Antioche*, v. 6314 : *Del sanc qui des cors ist furent grant li sentier*.

V. 1435. *le mantel del col*

Dans l'édition *minor* de *La Prise d'Orange*, p. 129, Claude Régnier explique ainsi cette expression : «Par une extension de la valeur possessive, le complément du nom indique la partie du corps [...] qui porte telle ou telle partie de l'armure ou du vêtement.» Au Moyen Âge, soit le manteau était agrafé ou noué sur l'épaule droite ; soit il s'attachait sur le devant du cou au moyen d'un anneau ou d'un nœud.

V. 1437. *prevoz*

Issu du latin *praepositus* («placé en tête, chef»), le *prevost* est un agent du roi ou du seigneur qui, en son nom, lève les impôts et rend la justice. Cet officier exerce des fonctions judiciaires et policières ; il est chargé en particulier d'exécuter les sentences.

V. 1441. *chiere*

Dérivé du terme grec *kara* («tête»), le substantif *chiere* désigne d'abord le visage, mais surtout l'expression du visage, la mine, l'air; il définit ensuite «l'accueil réservé à autrui» et, par métonymie, «le repas, la nourriture». Cette évolution fut sans doute favorisée par l'homonymie du terme *chair* provenant du latin *carnem*.

V. 1444. *garie*

Issu du francique **warjan* («défendre»), le verbe *garir* (en français moderne *guérir*) signifie principalement: «protéger, garantir, sauver»; par restriction sémantique, il peut avoir le sens d'«approvisionner, fournir», et celui de «guérir». Employé intransitivement, il offre d'autres acceptions: «recouvrer la santé», mais aussi «être préservé», «échapper au danger», «résister», «se sauver». À partir du XVIe siècle, le verbe s'est spécialisé dans le sens médical.

V. 1450-1451. *«Par Mahomet, ce ne ferai ge mie / Que vo Deu croie et ma loi deguerpisse!»*

Le comportement d'Otrant est délicat à interpréter. Faut-il admirer la fière réplique du roi préférant mourir plutôt qu'abjurer? L'auteur ne dénonce-t-il pas en fait l'obstination stupide et coupable d'un Sarrasin? *«Errare humanum est, perseverare diabolicum.»*

V. 1466. *Devant set anz*

Jacques Ribard explique en ces termes la symbolique du nombre *sept*: «unissant en lui les vertus, antagonistes mais complémentaires, du *quatre* et du *trois*, [il] servira à marquer la perfection d'un cycle achevé et comme fermé sur lui-même, mais qui appelle, de ce fait même, un dépassement, ce qu'on pourrait appeler un passage à l'octave» (*Le Moyen Âge. Littérature et symbolisme*, Paris, Champion, 1984, p. 25). Voir *Chanson de Roland*, v. 2: [Charles] *Set anz tuz pleins ad estet en Espaigne*.

V. 1475-1486. *Et li vilain [...] Marie sa mere*

L'épilogue présente les personnages dans l'ordre hiérarchique de la féodalité chrétienne: les paysans (v. 1475), les chevaliers (v. 1477), leur chef, le comte Guillaume (v. 1483), leur seigneur et roi (v. 1485), enfin au sommet Dieu

227

(v. 1486). En quelque sorte, la chanson s'achève comme elle a commencé (cf. v. 1-2). Après le désordre de la colère, après la contestation d'un baron rebelle, après le déguisement et l'humour, cette ultime laisse rétablit l'ordre féodal, l'idéologie traditionnelle et le sérieux.

Avant le numéro du vers, peut figurer entre parenthèses la forme moderne du mot et pour les formes verbales l'infinitif est indiqué.

INDEX DES MOTIFS ÉTUDIÉS

Tous les noms propres ont été relevés; les références sont exhaustives.

français, fils de Bernard de Brébant et neveu de Guillaume.

Borgoigne: 785, Bourgogne.

Borgoing: 318, Bourguignon, voir Auberi.

Borgueignon / Borgoignon: 205, 214, Bourguignons.

Bride: 824, Brioude (Haute-Loire). Voir la note du v. 824.

Calabre: 1192, Calabre (Italie).

Cantorbiere: 1123, Cantorbéry (Angleterre). Voir la note du v. 1123.

Challe: 154, Charlemagne.

Challemaine: 163, Charlemagne.

Chapele (la): 783, Aix-la-Chapelle (Allemagne). Voir la note du v. 783.

Chartres: 529, 541, 784, Chartres (Eure-et-Loir). Voir la note du v. 529.

Clareaus: 516, Clareau d'Orange, Sarrasin, frère d'Acéré.

Clareaus d'Orange: 516, Clareau d'Orange, Sarrasin, frère d'Acéré.

Clermont: 833, partie de Clermont-Ferrand (Puy-de-Dôme). Voir la note du v. 833.

Corsolt: 11, 136, Corsolt, géant sarrasin tué par Guillaume dans *Le Couronnement de Louis*.

Crac: 1200, le Crac des chevaliers (Syrie). Voir la note du v. 1200.

Dagobert: 159, roi sarrasin, vaincu par Guillaume dans *Le Couronnement de Louis*.

Damedé / -dex / -dieu: 758, 769, 807, 1178, 1318, 1442, le Seigneur Dieu.

Dé / Deu / Dex / Dieu /Diex: 1, 4, 71, 72, 112, 272, 326, 368, 382, 421, 443, 470, 499, 506, 568, 582, 638, 648, 653, 659, 669, 679, 736, 783, 856, 896, 922, 993, 1085, 1205, 1243, 1315, 1352, 1360, 1438, 1451, 1486, Dieu.

Denis: 740, 1308, saint Denis. Voir la note du v. 740.

Desramé: 517, roi sarrasin.

Escler: 9, 349, 515, 853, 1288, Slave. Les Slaves font partie des païens.

Escoce: 1198, Écosse.

Escot: 869, 1018, 1296, Écossais. Voir Gilemer.

Espaigne: 20, 450, 481, 491, 585, 651, 656, 695, 756, 802, 1090, 1196, Espagne.

Fierebrace: 1049, 1103, 1338, surnom de Guillaume d'Orange.

Flamenc: 215, Flamands.

Foucon: 309, Foucon, comte français.

Franc: 1454, Français.

France: 101, 185, 276, 373, 384, 431, 477, 637, 686, 783, 977, 1190, 1482, France.

François: 166, 205, 214, 497, 886, 895, 973, 981, 1070, 1284, 1406, 1455, 1463, 1468, 1477, Français.

Frison: 215, Frisons.

Gaifier: 98, 108, Gaifier, roi de Spolète.

Gales: 1199, pays de Galles.

Galice: 1195, Galice (Espagne).

Gardon(e): 1032, 1047, Gardon, affluent du Gard.

Garniers: 918, Garnier, vavasseur français.

Gautier (le Tolosant): 697, 713, 748, Gautier le Tolosant, chevalier français.

Gautier de Termes: 869, 1018, 1296, Gautier de Termes, chevalier français.

Gile: 577, 1093, saint Gilles.

Gil(l)ebert: 1017, 1295, Gilbert de Falaise-sur-mer, chevalier français.

Gilemer: 869, 1018, 1296, Gilemer l'Écossais, croisé.

Golïas: 517, Golias, Sarrasin.

Gondré: 519, Gondré, Sarrasin, frère de Quinzepaumes.

Guibor: 8, Guibourc, nom de baptême d'Orable, épouse de Guillaume.

Guïelin: 595, 598, 604, 609, 627, 763, 870, 1129, Guiélin, fils de Bernard de Brébant, frère de Bertrand et neveu de Guillaume.

Guillelme: 5, 17, 29, 44, 51, 59, 60, 64, 73, 79, 88, 94, 106, 115, 123, 133, 147, 153, 182, 238, 249, 256, 278, 282, 294, 296, 300, 302, 305, 311, 315, 322, 328, 335, 380, 396, 399, 404, 409, 417, 428, 444, 448, 459, 460, 466, 478, 490, 508, 512, 531, 533, 538, 543, 566, 580, 589, 594, 608, 618, 635, 659, 663, 670, 676, 684, 691, 698, 701, 705, 709, 719, 726, 729, 733, 747, 753, 761, 780, 782, 790, 798, 805, 819, 831, 842, 847, 871, 900, 902, 913, 928, 936, 948, 954, 956, 995, 1001, 1011, 1034, 1036, 1049, 1101, 1103, 1113, 1145, 1162, 1189, 1206, 1210, 1220, 1230, 1286, 1299, 1306, 1316, 1322, 1334, 1335, 1338, 1344, 1349, 1353, 1358, 1393, 1414, 1434, 1441, 1452, 1457, 1468, 1483, Guillaume d'Orange, héros de la chanson.

Guion: 203, Gui l'Allemand qui, après s'être emparé de Rome, fut vaincu en combat singulier par Guillaume dans *Le Couronnement de Louis*.

Guion: 211, hôte de Guillaume.

Harpin: 1080, 1114, 1256, 1271, 1276, 1303, 1312, 1327, 1367, 1385, 1388, Harpin, roi sarrasin de Nîmes, frère d'Otrant.

Hermensant de Tori: 319, Hermensant de Tori, marâtre d'Auberi.

Herneïs: 170, Herneïs, duc français qui avait tenté de s'emparer de la couronne dans *Le Couronnement de Louis*.

Hongrie: 1194, Hongrie.

Jaque: 1343, saint Jacques.

Jhesu(s): 674, 694, 759, 774, 1091, Jésus.

Laval desus Cler: 890, Laval-sur-Cler, localité du midi de la France.

Lavardi: 1056, localité proche de Nîmes. Voir préface p. 30, note 1.

Loherenc: 215, Lorrains.

Lombardie: 1191, Lombardie (Italie).

Lonel: 1277, Lonel, nom d'un des bœufs tués par Harpin.

Loon: 206, Laon (Aisne). Voir la note du v. 206.

Looÿs: 48, 62, 64, 73, 94, 106, 130, 133, 153, 182, 256, 261, 278, 294, 300, 305, 315, 328, 338, 380, 404, 419, 490, 506, 580, 591, 671, 682, 690, 753, 1484, Louis, roi de France, fils de Charlemagne.

Mahom: 890, 1223, 1447, Mahomet.

Mahomet: 893, 896, 1097, 1227, 1255, 1261, 1328, 1382, 1450, Mahomet.

Marie: 1086, 1443, 1486, Marie, mère de Jésus.

Marie Magdalaine: 169, Marie-Madeleine.

Mere Dé (La): 825, Notre-Dame du Puy (Haute-Loire). Voir la note du v. 825.

Michiel: 548, saint Michel. Voir la note du v. 548.

Mirant: 518, Mirant, Sarrasin.

Monbardon: 216, localité d'Italie.

Monferent: 833, Montferrand, partie de Clermont-Ferrand.

Monjeu: 216, le Petit Saint-Bernard.

Monjoie: 1399, 1420, Montjoie, cri de guerre des Français. Voir la note du v. 1399.

Monloon: 343, Montlaon ou Laon (Aisne).

Monpellier: 549, Montpellier (Hérault).

Murgalez: 520, Murgalé, Sarrasin.

Naseüre: 494, ville sarrasine.

Neminois: 504, région de Nîmes.

Nerbone: 1211, 1339, 1348, Narbonne (Aude).

Noiron: 217, 279, 405, 513, 1365, Néron. Voir la note du v. 217.

Normandie: 1197, Normandie.

Normant: 194, Normand.

Nymes: 6, 452, 483, 495,

502, 520, 866, 904, 926, 944, 971, 1057, 1072, 1092, 1473, 1483, Nîmes (Gard).

Orable: 522, épouse sarrasine de Tibaut.

Orenge: 7, 453, 484, 503, 516, Orange (Vaucluse).

Orliens: 529, 541, Orléans (Loiret). Voir la note du v. 529.

Oton: 213, Oton, guerrier vaincu par Guillaume.

Otran(t): 496, 520, 915, 1079, 1114, 1120, 1134, 1152, 1154, 1185, 1207, 1258, 1314, 1317, 1430, 1433, 1437, 1442, 1448, 1455, Otran, roi sarrasin de Nîmes, frère d'Harpin.

Paris: 28, 199, 784, Paris.

Per(r)e: 204, 1350, saint Pierre.

Persant: 632, Persans.

Petit Pont: 28, le Petit Pont. Voir la note du v. 28.

Pierrelate: 158, Pierrelatte, nom de lieu.

Pohier: 255, Picards.

Poitou: 1197, Poitou.

Police: 97, Spolète (Italie).

Portpaillart sor mer: 451, 482, Portpaillart-sur-mer, ville d'Espagne.

Pui (le): 841, Le Puy (Haute-Loire).

Puille: 1192, Pouille (Italie).

Quinzepaumes: 519, Quinzepaumes, Sarrasin, frère de Gondré.

Richart le vieil: 193, Richard le vieux, duc de Normandie.

Ricordane: 840, 952, 957, la voie Regordane qui relie l'Auvergne au Languedoc.

Riviers (val de): 341, val de Riviers, province des Pays-Bas.

Roberz: 324, Robert, fils d'Auberi de Bourgogne.

Rome: 11, 135, 217, 229, 251, 372, 434, Rome (Italie).

Romenie: 1193, Romagne (Italie).

Rosnes: 505, le Rhône.

Saint Gile: 549, 876, 891, Saint-Gilles (Gard). Voir la note du v. 549.

Saint Michiel del Mont: 192, Mont-Saint-Michel (Manche). Voir la note du v. 192.

Sarrazin(s): 349, 515, 632, 853, 980, 1153, 1184, 1247, 1281, 1288, 1310, 1341, 1426, Sarrasin(s).

Sezile: 1192, Sicile (Italie).

Sorant: 1127, nom d'emprunt de Bertrand, donné par Guillaume.

Tervagam / Tervagan: 1098, 1224, Tervagan, dieu sarrasin.

Tiacre / Tÿacre: 1136, 1138, 1155, 1186, 1217, 1364, Tiacre, nom d'emprunt de Guillaume.

Tiebaut : 9, 521, Tibaut, roi sarrasin, mari d'Orable.
Toivre : 209, le Tibre.
Tortolouse : 451, 482, Tortolouse, ville d'Espagne.
Tosquane : 1194, Toscane (Italie).
Turs : 268, 349, Turcs.

Valsoré : 501, Valsoré, ville sarrasine.

Valsure : 501, Valsure, ville sarrasine.
Vecene : 1055, ville du midi de la France. Voir préface p. 30, note 1.
Venice : 1202, Venise (Italie). Voir la note du v. 1202.
Virge : 272, 1094a, la Vierge.

BIBLIOGRAPHIE

1. ÉDITIONS

Guillaume d'Orange. *Chansons de geste des XIe et XIIe siècles, publiées pour la première fois...*, par W. J. A. Jonckbloet, 2 tomes, La Haye, 1854 (t. I, pp. 73-111 : texte de A₁).

P. Meyer, *Recueil d'anciens textes bas-latins, provençaux et français...*, 2e partie, Paris, 1877 (pp. 237-253 : texte des vers 1-414 d'après A₁ et A₂).

Le Charroi de Nîmes, éd. par J.-L. Perrier, Paris, Champion, 1931, C.F.M.A., 2e éd. 1968 (texte de A₁).

E. Lange-Kowal, *Das altfranz. Epos vom* Charroi de Nîmes*: Handschrift D herausgegeben mit sprachwissenschaftlichem Kommentar und Glossar*, Jena (diss. Berlin), 1934.

Albert Pauphilet, *Poètes et romanciers du Moyen Âge*, Paris, Gallimard, Bibliothèque de la Pléiade, 1939 (pp. 123-152, texte de A₁).

Guy Raynaud de Lage, *Manuel pratique d'ancien français*, Paris, Picard, 1964 (pp. 1-227 : les 421 premiers vers d'après l'édition de P. Meyer avec traduction).

Il Carriaggio di Nîmes, *canzone di gesta del XII secolo*, a cura di Giuseppe E. Sansone, Bari, 1969 (texte de A₁ avec traduction italienne).

Le Charroi de Nîmes, éd. par G. de Poerck, R. Van Deyck et R. Zwaenepoel, 2 tomes, Saint-Aquilin-de-Pacy, Librairie-Éditions Mallier, 1970 (texte de A₁).

Le Charroi de Nîmes, éd. par Duncan McMillan, Paris, Klincksieck, 2e éd., 1978 (texte de A₂).

Le redazioni C e D del Charroi de Nîmes, edizione critica, a cura di Salvatore Luongo, Napoli, Liguori editore, 1992.

2. TRADUCTIONS

Le Charroi de Nîmes, trad. par Fabienne Gégou, Paris, Champion, 1971.

Le Cycle de Guillaume d'Orange, traduction et notes de Dominique Boutet, Paris, Le Livre de poche, Lettres Gothiques, 1996. (Contient des extraits du *Charroi de Nîmes*.)

Le Charroi de Nîmes, une chanson de geste du Cycle de Guillaume d'Orange, adaptation par la Compagnie Médiévale Hervé Berteaux et Gérard Mascot, collection «Un livre, un CD», Aniane, 1996.

3. ÉTUDES SUR *LE CHARROI DE NÎMES*

ADLER, Alfred, «À propos du *Charroi de Nîmes*», *Mélanges Jean Frappier,* Genève, Droz, 1970, t. I, pp. 9-15.

BECKER, Ph.-A., *Das Werden der Wilhelm und der Aimerigeste,* Leipzig, 1939 (en particulier pp. 27-65).

BÉDIER, Joseph, *Les Légendes épiques. Recherches sur la formation des chansons de geste,* t. I : *Le Cycle de Guillaume d'Orange,* Paris, 3ᵉ éd., 1926.

BRAULT, Gérard J., «The road not taken in the *Charroi de Nîmes*», *Guillaume d'Orange and the Chanson de geste : Essays presented to Duncan McMillan,* Reading, 1984, pp. 15-21.

CRIST, Larry S., «Remarques sur la structure de la chanson de geste : *Charroi de Nîmes-Prise d'Orange*», *Charlemagne et l'épopée romane,* Actes du VIIᵉ Congrès International de la Société Rencesvals (Liège 28 août-4 septembre 1976), Paris, Les Belles Lettres, 1978, t. II, pp. 359-372.

CURTIUS, E. R., «Ueber die altfranz. Epik», *Zeitschrift für romanische Philologie,* t. 64, 1944, pp. 233-320.

DRZEWICKA, Anna, «La scène du vilain dans *Le Charroi de Nîmes* et le malentendu sociopsychologique», *Kwartalnik Neofilologiczsy,* t. 23, 1976, pp. 95-103.

— «Guillaume narrateur. Le récit bref dans *Le Charroi de Nîmes*», *Narrations brèves. Mélanges de Littérature ancienne offerts à Krystyna Kasprzyk,* Université de Varsovie, 1993, pp. 5-16.

FOX, John, «Two borrowed expressions in the *Charroi de Nîmes*», *Modern Language Review,* t. 50, 1955, pp. 315-317.

FRAPPIER, Jean, *Les Chansons de geste du Cycle de Guillaume d'Orange*, t. II, Paris, S.E.D.E.S., 2ᵉ éd., 1967, pp. 179-253.

GALMÉS DE FUENTES, Alvaro, «*Le Charroi de Nîmes* et la tradition arabe», *Cahiers de Civilisation Médiévale*, t. 22, 1979, pp. 125-137.

GAUTIER, Léon, *Les Épopées françaises*, 2ᵉ éd., t. IV, Paris, Palmé, 1882, pp. 370-391.

GIRAULT, Marcel, «L'itinéraire du *Charroi de Nîmes*, Chemin de Saint-Gilles et chemin de Regordane», *Mélanges René Louis*, Saint-Père-sous-Vézelay, 1982, t. II, pp. 1105-1116.

GREGORY, Stewart, «Pour un commentaire d'un passage obscur du *Charroi de Nîmes*», *Romania*, t. 109, 1988, pp. 381-383.

HEINEMANN, Edward A., «Aperçu sur quelques rythmes sémantiques dans les versions A, B et D du *Charroi de Nîmes*», *VIII Congreso de la Société Rencesvals*, Pamplona, 1981, pp. 217-222.

— «"Composite Laisse" and Echo as organizing principles: The case of laisse I of the *Charroi de Nîmes*», *Romance Philology*, t. 37, 1983, pp. 127-138.

— «Le jeu d'échos associés à l'hémistiche *non ferai sire* dans *Le Charroi de Nîmes*», *Romania*, t. 112, 1991, pp. 1-17.

— «Line-Opening Tool Words in the *Charroi de Nîmes*», *Olifant*, t. 17, 1992, pp. 51-64.

— «The Peculiar Echo in Laisse XXV of the *Charroi de Nîmes*», *Olifant*, t. 18, 1993-1994, pp. 205-219.

— «L'art métrique de la chanson de geste: un exemple particulièrement réussi, *Le Charroi de Nîmes*, et l'apport de l'informatique», *La Chanson de geste. Écritures, intertextualités, translations*, Littérales, 14, Université de Paris X-Nanterre, 1994, pp. 9-39.

— «Existe-t-il une chanson de geste aussi brillante que *Le Charroi de Nîmes*?», *Aspects de l'épopée romane: mentalités, idéologies, intertextualités*, Groningen, Egbert Forsten, 1995, pp. 461-469.

HOGGAN, D., *La Biographie poétique de Guillaume d'Orange*, thèse pour le doctorat d'Université de Strasbourg, 2 tomes, 1953.

HUNT, Tony, «L'inspiration idéologique du *Charroi de Nîmes*», *Revue belge de philologie et d'histoire*, t. 56, 1978, pp. 580-606.

Jeanroy, Alfred, «Études sur le Cycle de Guillaume au court nez, II : *Les Enfances Guillaume, Le Charroi de Nîmes, La Prise d'Orange...*», *Romania*, t. 26, 1897, pp. 1-33.

Lot, Ferdinand, «*Le Charroi de Nîmes*», *Romania*, t. 26, 1897, pp. 564-569.

— «Études sur les légendes épiques, IV, Le Cycle de Guillaume d'Orange», *Romania*, t. 53, 1927, pp. 449-473.

Luongo, Salvatore, «Il *Charroi de Nîmes* nel ms. fr. 1448 : un caso di restituzione memoriale?», *Medioevo Romanzo*, t. 16, 1991, pp. 285-321.

Mancini, Mario, «L'édifiant, le comique et l'idéologie dans *Le Charroi de Nîmes*», *Société Rencesvals, IVᵉ Congrès International... Actes et Mémoires*, Heidelberg, 1969, pp. 203-212.

Mantou, Reine, «Notes sur les vers 548-579 du *Charroi de Nîmes*», *Études offertes à Jules Horrent*, Liège, 1980, pp. 275-278.

Owen, David Douglas Roy, «Structural Artistry in the *Charroi de Nîmes*», *Forum for Modern Language Studies*, t. 14, 1978, pp. 47-60.

Payen, Jean-Charles, «*Le Charroi de Nîmes*, comédie épique?», *Mélanges Jean Frappier*, Genève, Droz, 1970, t. II, pp. 891-902.

— «L'emploi des temps dans *Le Charroi de Nîmes* et *La Prise d'Orange*», *Guillaume d'Orange and the Chanson de geste : Essays presented to Duncan McMillan*, Reading, 1984, pp. 93-102.

Perfetti, Lisa R., «Dialogue of Laughter : Bakhtin's Theory of Carnival and the *Charroi de Nîmes*», *Olifant*, t. 17, 1992-1993, pp. 177-195.

Press, Alan R., «The formula "s'en a un ris gité" in the *Charroi de Nîmes*», *Forum for Modern Language Studies*, t. 12, 1976, pp. 17-24.

— «"S'en a un ris gité" in the *Charroi de Nîmes* : A Further Note», *Forum for Modern Language Studies*, t. 14, 1978, pp. 42-46.

Régnier, Claude, «À propos de l'édition du *Charroi de Nîmes*», *L'Information littéraire*, 1968, pp. 32-33.

— «Encore *Le Charroi de Nîmes*», *Mélanges Charles Camproux*, Montpellier, 1978, t. II, pp. 1191-1197.

— «Compte rendu de Duncan McMillan, *Le Charroi de Nîmes*, deuxième édition revue et corrigée», *Revue de Linguistique Romane*, t. 46, 1982, pp. 212-215.

— « Les Stemmas du *Charroi de Nîmes* et de *La Prise d'Orange* », *Guillaume d'Orange and the Chanson de geste: Essays presented to Duncan McMillan*, Reading, 1984, pp. 103-116.

Saccone, Antonio, « Formule e produzione del testo nello-*Charroi de Nîmes* », *Annali dell' Istituto universitario orientale di Napoli (sezione romanza)*, t. 29, 1987, pp. 195-207.

Suard, François, « Les petites laisses dans *Le Charroi de Nîmes* », *Actes du VIᵉ Congrès International de la Société Rencesvals*, août-septembre 1973, publication du CUER MA, Aix-en-Provence, 1974, pp. 653-667, repris dans *Chanson de geste et tradition épique en France au Moyen Âge*, Caen, Paradigme, 1994, pp. 95-109.

Szabics, Imre, « Procédés expressifs dans *Le Charroi de Nîmes* », *Annales Universitatis Scientiarum Budapestinensis*, t. 4, 1973, pp. 23-36.

Tusseau, Jean-Pierre et Wittmann, Henri, « Règles de narration dans les chansons de geste et le roman courtois », *Folia Linguistica*, t. 7, 1975, pp. 401-412.

Tyssens, Madeleine, *La Geste de Guillaume d'Orange dans les manuscrits cycliques*, Paris, Les Belles Lettres, 1967

4. AUTRES CHANSONS DE GESTE

La Chanson de Roland, éd. et trad. de Pierre Jonin, Paris, Gallimard, Folio, 1979.

La Chanson de Roland, éd. et trad. de Jean Dufournet, Paris, Flammarion, GF, 1993.

La Chanson de Guillaume, éd. et trad. de François Suard, Paris, Garnier-Bordas, 1991.

Aliscans, éd. par Claude Régnier, Paris, Champion, 2 vol., Classiques Français du Moyen Âge 110 et 111, 1990.

Le Couronnement de Louis, éd. par Ernest Langlois, Paris, Champion, Classiques Français du Moyen Âge, 2ᵉ éd., 1965.

Les Rédactions en vers du « Couronnement de Louis », éd. par Yvan Lepage, Genève, Droz, TLF, 261, 1978.

La Prise d'Orange, éditée d'après la rédaction AB par Claude Régnier, Paris, Klincksieck, éd. « minor », 6ᵉ éd., 1983.

La Prise d'Orange, traduite et annotée, par Claude Lachet et Jean-Pierre Tusseau, Paris, Klincksieck, 5ᵉ éd., 1986.

Le Moniage Guillaume, éd. par Wilhelm Cloetta, 2 vol., Paris, SATF, 1906-1911.

5. ÉTUDES SUR LA CHANSON DE GESTE

Boutet, Dominique, *La Chanson de geste. Forme et signification d'une écriture épique du Moyen Âge*, Paris, PUF, Écriture, 1993.

Dufournet, Jean, *Cours sur la Chanson de Roland*, Paris, CDU, 1972.

Grisward, Joël, *Archéologie de l'épopée médiévale. Structures trifonctionnelles et mythes indo-européens dans le Cycle des Narbonnais*, Paris, Payot, 1981.

Heinemann, Edward A., *L'Art métrique de la chanson de geste. Essai sur la musicalité du récit*, Genève, Droz, 1993.

Lachet, Claude, *La Prise d'Orange ou la Parodie courtoise d'une épopée*, Paris, Champion, 1986.

Martin, Jean-Pierre, *Les Motifs dans la chanson de geste. Définition et utilisation*, Lille, 1992.

Rychner, Jean, *La Chanson de geste. Essai sur l'art épique des jongleurs*, Genève, Droz, 1955.

Suard, François *La Chanson de geste*, Paris, P.U.F., «Que sais-je?», 1993.

COLLECTION FOLIO

Composition Interligne.
Impression CPI Bussière
à Saint-Amand (Cher), le 6 janvier 2009.
Dépôt légal : janvier 2009.
1ᵉʳ dépôt légal dans la collection : juin 1999.
Numéro d'imprimeur : 084086/1.
ISBN 978-2-07-038769-4./Imprimé en France.